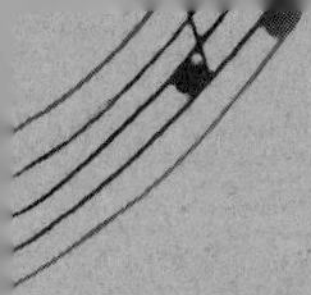

認知症になっても

愛の二重奏

三川一夫
MIKAWA KAZUO

幻冬舎 MC

認知症になっても愛の二重奏

Prologue

まえがき

まえがき

泰子さんはピアニスト、私はアマチュアのチェロ愛好家。そんな二人は、私の演奏会の伴奏を泰子さんにお願いしたことがきっかけで結ばれました。

結婚してからも二人で演奏したくて、自宅にホールを作って知人を招き、ミニコンサートを始めました。

そして、一九八九年四月二十三日から始めたミニコンサートは、二〇一〇年六月十三日に行った三十四回で終了いたしました。

泰子さんが少しずつピアノが弾けなくなってきたからです。

そして二〇一三年、泰子さんが五十八歳のとき若年性認知症と診断されました。

泰子さんは言葉にできないほどのショックを受けました。

それから今まで普通にできたことができなくなっていく不安と二人で向き合いながら、泰子さんを励まし支える生活が始まりました。心がけたのは、泰子さんができることを奪わないようにしようということです。介護者は、認知症患者が何もできないと思い込み、ついつい手を出してしまいがちです。でも、もしかしたら自分できることなのに、あるいは自分でできると思っていることなのに、介護者がよかれと思って、やってしまっているかもしれません。

そうすると、ますます自信を失ってしまいます。ですから、まずは泰子さんが自分でやれるかどうかをよく見て、どうしてもできなかった場合は少し手伝ってあげたり、自分でできるような工夫をするようにしてきました。

また、泰子さんができることを探して、やってもらうようにもしてきました。

泰子さんにとってそれは、ピアノを弾くことです。ですから、少しでも弾くことができ、二人でアンサンブルが楽しめることを最優先の目標にしました。

しかし、ピアノが弾けなくなって自信を失った泰子さんを励まし、みんなの前で演奏ができるようになったのも束の間、二〇一八年の演奏が最後になりました。翌年の三月にはピアノが全く弾けなくなり、歩けなくなり、そして言葉も失ってしまいました。

それから、本格的な在宅介護が始まりました。

在宅介護を始めて四年、認知症になって十年目には、二度の誤嚥性肺炎で緊急搬送され、とうとう在宅介護が難しくなり、二〇二三年八月三十日に、特別養護老人

Prologue

まえがき

ホームに入居することになりました。

介護に絶対という方法は、ないと思います。それは、生きてきた環境や考え方がそれぞれ違うからです。けれど、その人に合った最良の介護方法は必ずあると思います。

そういう私自身、介護が必ずしもうまくいっていたわけではありません。なぜうまくいかなかったのかという問題点についても包み隠さず綴りました。

介護者がどのように対応すればいいか、少しでもその参考や手助けになればと願っております。

目次

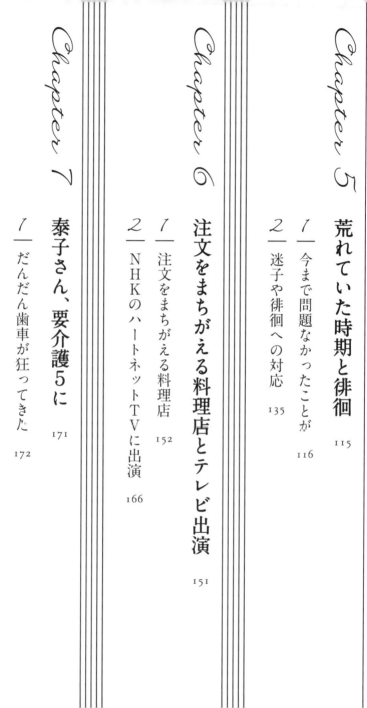

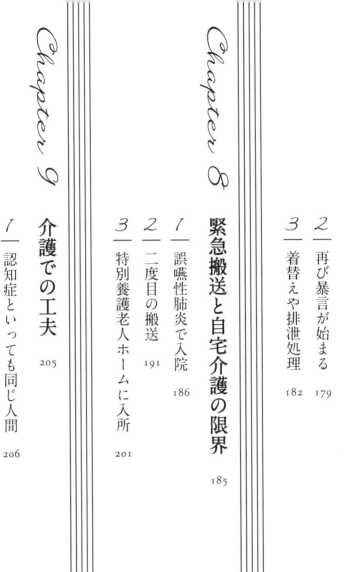

Chapter 1

泰子さん認知症に

1

おかしいと思い一人で病院へ

二〇一〇年 ガーシュウィンに苦戦？

泰子さんに認知症の症状が見られるようになったのは、二〇一〇年頃のことです。そのときはまだ、泰子さんはもちろん、私も認知症を疑ってはいませんでした。ただ娘の泉は、ある違和感を覚えたようです。

「些細なことだけど、私が展示会をしたときに、ガーシュウィンの曲の演奏をお母さんにお願いしたら、苦手というのとは違う感じで苦戦していたのが少し気になっていたのよ。また、その前にも生徒さんにジャズっぽい編曲をする、と言っていたのがなかなかできなくて、とてもイライラしていたのを見て、いつもと違うなと感じたわ。また、新しいことや慣れていないことに対してのイラつき具合とかできなさ具合が、それまでとは随分違っていたの。ほかにも、お母さんが家で開催していた音楽の勉強会だったかな……。その宿題にも苦労するようになっていて『そんなに辛いならやめたら～？』とよく話していたのよ。やはり音楽が、私にはすぐわかる変化だったんだと思ったわ」と、言います。

また、ほかにもおかしなことは続きました。私の同僚が退職するときに、合唱団のクリスマス会を兼ねて、送別会が行われました。そのとき演奏を頼まれて、二人でエルガーの『愛の挨拶』を弾きました。練習もしっかりしていたのでいい演奏ができました。終わると大きな拍手の中、予定していなかったアンコールがかかりました。そこでいつも弾き慣れているフォーレの『夢のあとに』を弾くことにしました。しかし、弾き始めたらあちこち引っかかって、泰子さんはうまくできなかったのでした。やはり、娘が言っていたように、このときから少しおかしかったのかもしれません。

二〇一三年　軽度の認知症と診断

翌年の二〇一一年、泰子さんが「どうも認知症かもしれないので、病院に行こうと思う」と私に相談しました。

私は「そんなことはないと思うけど、心配なら行ってきたら。逆に何でもなければ安心でしょ」と話しました。

さっそく泰子さんは、四月十四日にもの忘れ外来に一人で行きました。受付で話をしたら「どの方ですか?」と言われたそうです。若かったので、まさか泰子さんだとは思わなかったのでしょう。

五月九日にMRI検査・心理検査を受け、後日、その結果を聞きに行きました。結果は、認知症ではないとの診断で、私たちは一安心しました。

しかし二〇一三年になると、読み書きに支障をきたすようになりました。漢字が書けない、計算ができない、楽譜もだんだんと読みにくくなってきました。そして、本人の希望により、九月二十三日に再検査を受けることにしました。結果、今度は軽度の認知症と診断されました。

泰子さんはわかっていたとは思うのですが、医師から直接言われたのでショックを受けていました。

2

やはり認知症だった

二〇一三年頃の様子

娘の泉が「私が婚姻届を出す(十一月二十二日)ギリギリまで、お母さんが病気のことを言わないでくれていて、言うときも『泉ちゃんの晴れ舞台のときに本当にごめんね』と言っていたのを今でも鮮明に覚えているのよ。そして、結婚式の準備から当日まで粗相がないようにと、とても緊張しながら頑張ってくれていたわ。新しく何かをすることや、昔の記憶が曖昧になっていることは、結婚式の準備の時点で感じられたよ」と話してくれました。

その後十一月三十日に、私の知人が脳神経外科の医師を紹介してくれて、転院することにしました。薬は、認知症治療では定番のアリセプトが処方されました。

当時、ピアノはうまく弾けたと喜んだり、あまり弾けなかったと言って泣いたり、その繰り返しでした。それでも、認知症予防にいいというのでフィットネスクラブには頑張って通っていました。

また、泰子さんは恩師の小川先生のお弟子さんたちで構成されたパピヨンという会の会計をしていたのですが、うまくできないと言うので、私が見てあげました。すると、何がどうなっているかわからないくらいでたらめになっていて、結局領収書と照らし合わせて全部私がやり直すことになりました。

二〇一四年頃の様子

娘は、婚姻届を出した一年後の二〇一四年十一月二十二日に結婚式を執り行いました。泰子さんは花嫁のベールを上げることができなくて、娘がかがんでのれんをくぐるようにしていました。

「高校時代の私の友人のことは何となく覚えていたけれど、それ以外はどちら側の来賓かわからず、夫の方の来賓にまでお酌をしに行ったらしいのよ。お義母様たちはとても喜んでくれたんだって」と、娘が笑いながら話してくれました。ともあれ、式は無事あたたかな祝福に包まれて終えることができました。

ある日、自転車でスーパーに買い物に行ったのですが、買った物を忘れて帰ってきて、再度取りに行ったこともありました。

認知症予防の一環としてパソコンで計算練習をしたときには「一人でできてとても楽しかった」と言って喜んでいました。この日は、庭の手入れや部屋の掃除、パソコンで計算練習、ピアノの練習、いずれもスムーズにやっていました。

ひき算の筆算の練習問題にも取り組みました。二ケタ引く一ケタは問題ありませんでした。しかし三ケタになると、うまく計算ができなかったのです。

Chapter 1
泰子さん認知症に

またベートーヴェンのチェロソナタ第三番一楽章を、三分の二くらいまで合わせられて喜んでいた日や、午前中にお中元の送り先を書いて、漢字を書くのが大変だった日などがありました。

こんなふうに、多少の失敗やできないことはありましたが、まあまあ頑張って楽しくやっていました。

二〇一五年頃の様子

娘が出産のために里帰りしていたときの様子を話してくれました。

「日常のことができなくなっていたのに愕然としたのが、里帰りしたときだったな。食べ物が、本来あるべきではないところにあるの。冷凍庫から豆腐が出てきたり、キッチンの一番下の引き出しに生肉が入っていて虫が湧いていたり。ほかにも、電子レンジの中に腐った食べ物が入っていたり、一品の料理を作るのに、一時間以上もかかって、その間あっちこっちに歩いていても、なにをしたらいいのかまとまらない様子なの。やっとでき上がった炒め物は火が通っていなかったわ。

スーパーに行ってもお金の計算ができなくて店員さんにお札を取ってもらうから、

財布の中は小銭がいっぱいになっていたのよ。買い忘れ、置き忘れが多くなっていたわ。

今までできていたことの、二割以下しかできていない。掃除機が壊れているからずっとかけていないと言っていたけれど、実はコンセントに挿すことを忘れていただけなのよ。

それでも、私が出産したときは道もわからなくなって、電車に乗るのだって怖かっただろうに、荻窪の病院まで一人で孫を見にきてくれて、この先一生分のお母さんの愛情をもらった気がしたわ」と。

二〇一六年頃の様子

漢字がもう一度書けるようになりたいということで、なぞって書いていけるように、私がプリントを作りました。

そのうち、初めてケアマネージャーが手配した訪問看護の方が見え、泰子さんに漢字の指導をしていただきました。しかし、なかなか気が合う方に出会えず何人か変わって、やっと泰子さんが気に入った方に出会えました。それでとても喜んでいたのですが、その方が怪我をされ、結局仕事を辞めてしまわれました。

その結果、泰子さんは訪問看護をやめ、その後は私が見てあげるようになりました。

一	二	三	川	口	日	白	田
一	二	三	川	口	日	白	田
一	二	三	川	口	日	白	田
一	二	三	川	口	日	白	田
一	二	三	川	口	日	白	田
一	二	三	川	口	日	白	田
一	二	三	川	口	日	白	田
一	二	三	川	口	日	白	田
一	二	三	川	口	日	白	田
一	二	三	川	口	日	白	田
一	二	三	川	口	日	白	田
一	二	三	川	口	日	白	田
一	二	三	川	口	日	白	田

三	人	水	泰
三	人	水	泰
三	人	水	泰
三	人	水	泰
三	人	水	泰
三	人	水	泰
三	人	水	泰

Chapter 2

ピアノの演奏はどうなったの

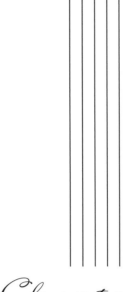

1

認知症と診断された頃

認知症と診断された二〇一三年頃、ピアノはどの程度弾けていたのでしょうか。

「バラードの四番は最後まで弾けた」

「ショパンの『ノクターン』を、楽譜を見ながら、ページ弾くことができた」

「以前弾けなかった、ジャズ風のクリスマスの曲が弾けた」

と、泰子さんは喜んで話してくれました。

二〇一三年の頃はまあまあ弾けていたようで、やはりピアノが弾けることがうれしかったようです。

二〇一四年はどんな感じだったのでしょうか。

「ベートーヴェンのチェロソナタ第三番一楽章が最後まで弾けた」と喜んでいたかと思えば、しばらくすると、楽譜を書こうとしてもト音記号や音符もうまく書けませんでした。

次に二楽章の練習をしていました。そして「結構うまく弾けた」と言って喜んでいました。

Chapter 2

ピアノの演奏はどうなったの

その後パブリート（チェロのお弟子さんの会）の合宿で、泰子さんはベートーヴェンのチェロソナタ第三番一楽章を、つっかえつっかえでしたが、みんなの前で弾かせてもらいました。頑張って弾いてよかったです。

ピアノのお弟子さんの弾いている曲を練習したら、「楽譜も読めて指も思い通りに動いてくれた。ベートーヴェンも弾けたのよ」と言って喜んでいました。

この頃はまだ、少しは弾けることがありました。

二〇一五年になりました。

「ピアノも弾けるし、楽譜が少し読めるようになってきた」と、年初の頃は言っていました。

しかし、少しずつ認知症が進んできたからか、だんだん弾けなくなってきました。そして、弾かないことが多くなりました。やはり弾けないと辛いので、弾かなくなってしまったのかもしれません。お弟子さんにも弾きながら教えてあげられなくなってきました。

そんな中、若年認知症交流会「小さな旅人たちの会、略してちいたび会」（第三章で詳しく述べます）に出会い、泰子さんに気持ちの変化が見られ、明るくなってきました。

2 バッハ／グノーの『アヴェ・マリア』に挑戦

ピアノの練習を始める

二〇一六年頃には、もうほとんどピアノを弾けなくなってしまったので、私は次のような提案を泰子さんにしました。

「ねえ母さん。演奏会では弾けなくても、二人で楽しめればいいと思うんだ。どう思う？」と。

「私も、二人で演奏をしたくて結婚したのだから、できるならそうしたい」と、泰子さんも前向きな返事でした。

そこで二人で弾く曲は何がいいかと考え、最後のお弟子さんの発表会で選んだ、バッハの平均律クラヴィーア曲集第一番の前奏曲第一番ハ長調にしました。グノーがメロディーを付けた『アヴェ・マリア』は、チェロで弾けるからです。お弟子さんと最後の発表会で一緒に弾いたので、なおさらいいと思いました。

泰子さんは認知症になってから、二つのことが同時にできなくなってきていました。でも、この曲は左右交互に弾くし、重音も最後だけだし、重音にしなくても何とかなると思いました。しかし、当時お弟子さんにレッスンしていたときは、この曲を自分では弾けていませんでした。

弾けるようになるだろうかと不安に思いつつ練習を始めました。

音はわかっているのですが、実際に弾くとなるとそう簡単ではありません。ですから、ワンフレーズごとに何回も何回も繰り返し練習していきました。しかし、そればかりでは嫌になってしまうので、次のフレーズにも挑戦しながら練習をしていきました。ある程度弾けるようになったら、次はチェロとの合わせです。チェロと合わせると、どうしてもチェロにつられてしまい、なかなか合わせられませんでした。けれど、これは裏を返せば泰子さんが私の音を聞けている証拠でもありました。

二十三小節の壁が越えられない

私もオクターブ下で、一緒にピアノを弾いて練習していました。指使いはもちろん、泰子さんの弾き方を見て、私は真似をしました。やはり弾けるとうれしそうです。

しかし、だんだん始めに指を置くドの位置がわからなくなってきました。黒鍵は二つのところと三つのところがありますが、それがわからないようで、ドではなくファから弾きだしてしまいます。でも、さすがピアニスト。そのままヘ長調をヘ長調で弾いてしまうのです。歌の伴奏をするとき、音が高かったりすると、「半音下げて」と言われることがあるので、移調して弾くことは慣れていたようでした。

本当に、毎日のように練習をしていました。やはりピアノが好きなんですね。それでも二十三小節の壁が越えられませんでした。

そんな中、九月十日のちいたび会交流会で、二十三小節まで演奏する機会を与えてもらいました。何とか弾けたこの体験は、泰子さんにとってとても励みになりました。

少し自信がついた泰子さんは、二十四小節目からの練習を始めましたが、なかなか難しくて苦戦していました。

泰子さんはいつも、まず一人で練習していました。そしてその後、私が一緒に弾いて音が取れるようにしました。このやり方が泰子さんにとっては、とてもうまくいくようでした。

ピアノを弾くのはやはり楽しい

そうこうしているうちに、泰子さんの「株式会社大起エンゼルヘルプ」（介護事業所）での仕事が始まりました。この就労については第三章で詳しく触れることにします。仕事はうまくいっていたようで、帰ってきてから頑張ってピアノを練習していました。ピアノを弾くのはやはり楽しいようです。

その後の練習の様子は、次のとおりです。

二十三小節まではある程度できてきたので、チェロと一緒に合わせました。その後、二十四小節からの五小節の右手の練習をして指の形ができてきたら、さらに左手の練習もして最後に両手で合わせました。

練習していた五小節のほんの二小節ですが、弾けるようになってきました。

次の練習では、二十三小節までを何回か私のチェロと合わせて、その後の八小節を両手で弾く練習を指導しました。同じ場所で引っかかっていましたが、少しずつ弾けるようになってきました。

また別の日の練習では、少し自分で弾かせて手を慣らしてから、いつも間違って弾いているところを指摘して見てあげました。その後、なかなか音が取れないところを一人でも頑張って練習していました。少しずつですが、音が取れるようになってきています。そして、再度私が見てあげたら、今まで二十三小節までで終わっていたのですが、何とかその次まで弾けるようになりました。もちろん、まだいつでも弾けるというわけではありませんが、一人で練習ができなかったこの部分ができるようになったことに私もうれしくなりました。泰子さんも喜んでいました。

そうして日々練習を重ねるうちに、二十四小節からの八小節も一人で練習ができるようになってきました。まだ音を探りながらですが、後はすぐにその音が出せるようになればいいわけです。あと少しです。頑張れ頑張れ。

十月には、三十小節まで何とか一人で弾けるようになりました。

十一月に入っても練習は順調に進み、十三日に四十小節まで一人で弾けるようにまでなりました。

しかしこの後は、なかなか先に進むことができず、その影響かたびたび過呼吸になっていました。過呼吸になった経緯については、第3章の就労支援で触れています。過呼吸の影響でしばらく練習はできなくなってしまいました。

思い出のブラームスのチェロソナタが弾きたい

翌年二〇一七年一月二十一日になり、過呼吸もようやく落ち着いたかと思って、久しぶりにピアノの練習をしました。この頃は、調子のよいときにときどき練習をするという状態でした。そんな中、ブラームスのチェロソナタ第一番を弾きたいと言うので、ピアノの楽譜を見ましたが、やはりなかなか難しそうでした。

この後からまた割と練習をするようになりました。弾きたいという意欲が出てきたようです。泰子さんはブラームスを弾くとき、チェロのメロディーを弾いていました。うまく弾けないと過呼吸になってしまうので、無理しないように話をしたりしました。

暴言が始まった

こんなことがありました。

いつも寝るくらいの時間になり、泰子さんが急に私のところに来て、「言ってなかったけど、私がカンパネラを弾いているとき、父さんが『うるさいから弾くのやめろ』と言ったので、それから私一度も弾いていない」

と怒りだしたのでした。

以前にも「それで私は、ピアノが弾けなくなったんだ」と、すごい剣幕で私を責めたことがありました。こんなことはそれまで一度もなかったのでどうしたらいいかわからず、落ち着かせるのが大変でした。もちろん私がそんなことを言ったことはありません。

また、こんなことを言いだしました。

「父さんは、好きなことをやってきたからいいけど、私は忙しくてやりたいことができなかった」と。これもそんなことはなかったのですが……。

この頃、泰子さんは精神的に落ち込んでいて、こういったふうに特に弾けなくなったことについて、私を責める言葉が多く出るようになっていました。もしかしたら、実際にそう思っていた時期があったのかもしれません。なので私は、そのことに関して絶対に否定はしないで、むしろ「ごめんね」と謝っていました。

いろいろなことがだんだんできなくなってきて不安だったのだと、今は思っています。でも私はやはり辛かったです。もしかしたら、できなくなってきたことを人のせいにするのは、認知症の症状の表れなのかもしれません。

Chapter 2

ピアノの演奏はどうなったの

またこの頃、私は自分のチェロの発表会の準備をしたり、チェロの仲間と合奏練習をしたりと忙しくしていて、泰子さんとなかなか一緒にいられない時間も多くなっていました。

そこで、泰子さんに「四月二日のチェロの発表会を欠席し、それからレッスンはやめることにするね」と話しました。するとその後、泰子さんはすっかり落ち着きました。やはり私が、チェロのレッスンに行くことが、寂しさや不安を助長していたようでした。

さっそく翌日から、泰子さんがピアノを弾き始めたので見てあげました。もちろんバッハ／グノーの『アヴェ・マリア』です。最後の八小節を続けて弾けるようになりましたが、どうしても同じところで間違えてしまいます。次の日も、最後の八小節を続けて弾く練習をしました。

別の日も、ピアノを弾きたいというので、見てあげると、泰子さんが「どうしても、私たち結婚のきっかけとなったブラームスのチェロソナタ第一番を弾きたい」と言うのでその練習を始めました。とはいうものの、この曲はそう簡単ではないのです。初めの三小節の三つの和音の左手をやりました。三小節目の和音が、なかなか鍵盤に手が行きませんでしたが、少し弾けたので出だしは良かったです。

次の日はピアノを一人で弾いていました。ブラームスのチェロソナタ第一番が中心で、やはりチェロの最初のメロディーを弾いています。ときどき、『アヴェ・マリア』も弾いていました。

ブラームスはその後も練習していましたが、難しいのでなかなか弾けません。それでもピアノの練習をしたい、と言うので教えました。和音のところは、なかなか指がその形になりません。そこで、メロディーやアルペジオのところを弾いてもらったら、こちらは割とスムーズにできました。一つ以上のことをするのは、難しいようです。その後もブラームスの練習を頑張ってしていて、頑張った分だけ精神的に安定していました。

再びバッハ／グノーの『アヴェ・マリア』の練習を始める

久しぶりに、泰子さんは『アヴェ・マリア』の練習をしていました。

私は、事務所の就労会議に出かけました。その会議の中で事業所の担当者が「泰子さんが『注文をまちがえる料理店』に参加することを目標にしたい」とおっしゃいました。

そして、後日再び参加した就労会議で私は、先日下見した「注文をまちがえる料理店」の会場に置いてあったピアノを、二人で演奏できないかと聞きました。そういう話も出ていたそうで、問題ないとのことでした。

帰宅後、さっそく泰子さんに「注文をまちがえる料理店」で演奏できることを話したら、とても乗り気になっていました。

翌日からいよいよ本番に向けて練習にも熱が入ってきました。さっそくピアノを喜んで弾き始めました。バッハ／グノーの『アヴェ・マリア』ですが、数回弾いたらかなりスムーズに弾けるようになりました。暗譜で弾くのですから、頭の活性化にはとてもよかったと思います。しばらく一人で弾いていました。

その後も、練習をしっかりやっていましたが、同じ場所でいつも間違えてしまい、なかなかできるようになりません。そこからは問題なく先へ進み、最後にもう一箇所難所を残すのみです。

大きな変化はありませんが、いい音色でしっかり弾けてきていました。

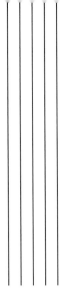

Chapter 3

ちいたび会との出会いと就労支援

1

ちいたび会

ケアマネージャーが決まる

二〇一五年十月二十七日に、泰子さんの介護認定の結果が届きました。要介護1でした。この頃は、少しずつ字が書けなくなったり、言葉が出にくくなっていました。しかし、ある程度のことは自分でできていました。

そこで、二人で自転車に乗って地域包括支援センターに行き、二つの事業所と「ちいたび会」という認知症患者と家族たちが運営する団体の紹介をしていただきました。さっそく、紹介された事業所に行き、最初に受け入れの返事をくれた事業所のケアマネージャーに決めました。そうしたら何と、そのケアマネージャーの豊田さんからもちいたび会を紹介していただいたのです。

これも何かの縁だろうと思い、十二月十二日に豊田さんと三人でちいたび会へ見学に行きました。

場所は、我が家から真北に行く一本道の先にあり、徒歩で十五分くらいなのでとても行きやすかったです。

私は、もちろんとても気に入りました。問題は、泰子さんが気に入ってくれるかどうかでしたが、心配することなく、泰子さんもとても気に入ったようなので、入会することにしました。

交流会

ちいたび会では、月一回の交流会が開催されていました。通常は、まずその月の誕生日の人たちをお祝いする会が行われ、お茶とお菓子を食べながらお喋りします。

そしてその後は、本人組（認知症当事者）と家族組（介護者）に分かれた活動をします。本人組は、風船バレーやゲームなどのレクリエーションをして楽しみます。

一方、家族組は介護者が現状や困っていることを話して、それに対して専門家や看護師、そして経験者がアドバイスをしてくださいます。家族組でのアドバイスが、介護者である私にとってはとてもありがたかったし、助かりました。さらに終了後は、懇親会が開かれていました。

イベント

交流会のほかにも、泰子さんたちにとっても、私たち介護者にとっても、楽しくて役に立つ、次のようなイベントが多数企画されており、ちいたび会の知見の深さや経験の豊富さに助けられてきました。

勉強会

- 介護保険で使える制度について
- 防災についての話
- 車椅子の使い方の基礎講座
- 利用できるサービスと小規模多機能のお話

Chapter 3

ちいたび会との出会いと就労支援

・救命救急を学ぶ

鑑賞

・チアガールのダンス
・オーボエとピアノの演奏
・歌と南京玉すだれ
・ハワイ♪フラダンスを楽しもう
・津軽三味線と篠笛
・ヴァイオリンとピアノのミニコンサート
・獅子舞

一緒に楽しむ

・楽団が来て一緒に歌う
・みんなで作曲する、モーツァルトの「音楽のサイコロ遊び」
・クリスマス会で、フルーツアーティストの方の指導の下でケーキ飾り付け
・みんなでおやつを作ろう
・ミニコンサートで、懐かしい曲を聴こう歌おう

・アロマテラピー体験会
・シンガーソングライターの方が作ったちいたび会の歌をみんなで歌う
・折り紙教室
・バンダナ作り

日帰り旅行

・田植え
・稲刈り
・長瀞の川下り
・マザー牧場
・苺狩り
・市原ぞうの国

はみ出し企画

・バーベキュー
・お花見

一泊旅行
・龍勢会館見学（両神温泉国民宿舎両神荘）
・吉田元気村でピザ作り、龍勢祭見学（両神温泉国民宿舎両神荘）
・長瀞のライン下り、龍勢祭見学（吉田元気村）
・秩父神社や宝登山を見学（かんぽの宿寄居）
・成田ゆめ牧場や鹿島神宮（かんぽの宿寄居）
・潮来十二橋めぐり（かんぽの宿潮来）
・三浦海岸（マホロバ・マインズ三浦）
・合角ダムや椋神社を見学（吉田元気村）

ちいたび会の名前の由来は「小さな旅人たちの会」であり、その名の通り旅行まで計画されていました。認知症患者を抱える家族が、家族だけで旅行をするのは簡単なことではありません。以前

に、何度か二人で旅行に行ったことがありましたが、トイレに連れて行くなど大変ではあったものの、この企画は、行っている間は看護師やボランティアの方が面倒を見てくれるので、ゆっくり旅行を楽しむことができ、介護者にとってはとてもありがたい企画でした。

演奏させてもらう

二〇一六年九月十日

前に書いたように、『アヴェ・マリア』を二十三小節でしたが初めて演奏させてもらいました。無事に弾ききって拍手をもらえた泰了さんは、失っていた自信を少し回復でき、さらにピアノを頑張って弾くきっかけになったようです。

二〇一七年十二月九日

再度交流会で、『アヴェ・マリア』を演奏しました。途中で止まらずに最後まで演奏することができ、とてもうれしそうにしている様子が見られました。

二〇一八年十二月九日

交流会で、『アヴェ・マリア』を演奏する三度目の機会をいただき、今までのなかで最高に素晴らしい演奏ができました。ピアノの音もとても綺麗だったし、二人のアンサンブルもよく合っていました。私も気持ちよく弾くことができました。泰子さんも、とてもうれしそうでよかったです。

そしてこれが泰子さんの、最後の公の場での演奏になりました。

ライフレビューのお誘いで素晴らしいアルバムに

二〇一六年六月九日

会員の牧野恵理子さんから、ライフレビューのお誘いがあり、受けることにしました。ライフレビューは、高齢者が自分の人生を振り返って回想しながら人生を総括評価しようとする活動のことで、聞き取りをしてくれるインタビュアーが、それを記録してまとめてくれるのです。

さっそく二人で、写真や様々な資料を探し始めました。泰子さんもまだ記憶がしっかりしていたお陰で、結婚してからのことを二人で思い出し、楽しむことができました。全部で四回の聞き取りに来ていただき、写真を入れてまとめ、最後に素敵なアルバムにしてくださいました。泰子さんは大変喜んでおり、私たちの貴重な財産になりました。

2 就労支援

就労支援に参加して

「ちいたび会」と「大起エンゼルヘルプ」（介護事業所）とのコラボで、就労の話が持ち上がりました。

私は泰子さんに「事業所で、働かないかっていう話があるんだけど、どう？」と聞きました。すると泰子さんは「少しでも役に立ちたいので参加したい」ということでした。

二〇一六年九月十三日の雨が降る中、ちいたび会の方と一緒に、大起エンゼルヘルプに見学に行きました。後で調べると、自宅から大通りを自転車で二十分くらいで行ける場所だったので、自転車が得意な泰子さんなら何とか自力で行けそうでした。唯一の問題は、一人で道を覚えて、家から間違えずに通えるかでした。

自転車で行く練習をする

二〇一六年九月十六日

二人で自転車で行き、二十分ほどで事業所に着きました。まず、施設内の案内をしてもらい話を伺うと、どうやら十月から仕事をさせてもらえるようでした。

そうと決まればさっそく通勤の練習です。まずは一緒に自転車に乗り、泰子さんに先に行ってもらって私が後からついていく形で練習しました。

その後、泰子さん一人で自転車に乗って大通りを行ったのですが、どうやら最初の交差点で、真っ直ぐ行くべきところを左の方へ曲がってしまったようでした。残念ながら一人で行くことはできませんでした。

次のときは、最初の交差点では曲がらずに真っ直ぐ行って順調に進み、最後の左折する地点のところでまごついていました。ここがうまくできれば一人で行けそうでした。

さらにその次の日は間違えずにスムーズに行けました。

最後の曲がるところで、まだ迷っているようですが、どうやら行けるようになりました。五回目のことです。

今度は午前中に二人で行き、午後は一人で行きました。何とか行くことができたので、泰子さんはとても喜んでいましたし、それが自信になったようです。これで一人で通勤ができそうだと思えました。

私が社長さんと就労の条件などの話をする間、泰子さんは就労場所の候補である事業所内の「グループホームなごみ方南」を見に行きました。

雇用契約を結び就労できることに

十月十一日から「グループホームなごみ方南」で働くことになり、当日自転車で一緒に行きました。私は雇用契約を結ぶために行きましたが、担当者がいなくてすぐに帰りました。一人で大丈夫だろうかと心配しましたが、泰子さんは仕事を終えて、一人で無事に帰ってきたので安心しました。

翌日からは、いよいよ泰子さん一人で仕事場に行きました。そして午後二時三十分に、無事に帰ってきました。とても充実していたようで、うれしそうにしていました。

後日私は、改めて雇用契約を結びに行きました。週五日・一日三時間労働の契約で、仕事の内容はトイレ掃除、シュレッダーの作業、昼食の手伝い等です。この日も泰子さんは順調に自転車通勤をしていて、仕事を始めて四日目になっていました。とても楽しいと言って、表情も明るくなりました。

就労中にトラブル発生

順調に毎日通勤していた泰子さんは、その日も利用者さんと一緒に昼食の準備をしていました。しかし、ここ数日一人の男性利用者さんが「手伝わない」「片付けない」「お礼も言わない」と駄々をこねることが続いていたそうで、泰子さんは腹を立てていました。そして泰子さんは、ついにこの日過呼吸になってしまいました。

昼食の準備を手伝うのはやめることにし、さらに勤務時間を午前中だけにすることになりました。すると、ストレスがなくなったのか、その後はまた順調に通勤していたので私は一安心したのでした。

自転車が乗れなくなったら

大起エンゼルヘルプの和田行男さんからは「自転車が乗れなくなるまで働いても

らおう」と言われていました。もちろん泰子さんもそのつもりで、順調に通勤していました。

しかしだんだん運転が怪しくなり、自転車で転んで帰ってきたことが何回か出てきて、また、行きは頑張って自転車に乗っても、ほとんど帰りは自転車から降りて手で押して帰ってくるようになりました。

もう、自転車での通勤は無理なようでした。一年四か月働いたグループホームなごみ方南でしたが、残念ながら退職することにしました。

二〇一八年二月二十八日に、二人で職場に自転車で行き、退職のご挨拶をしました。一緒に働いていた障害者のちいちゃんが「楽しかった。ありがとう。残念」と言って、別れを惜しんでくれていたそうです。

「注文をまちがえる料理店」に誘われて

二〇一七年に、大起エンゼルヘルプの和田行男さんから「注文をまちがえる料理店」への参加を誘われました。詳しくは第六章で書きますが、このお店は泰子さんのような認知症の人たちがホール係となって、お客さんの注文をとり、もしそれで間違った料理が出てきても、それを楽しんでもらうことをコンセプトにしています。

このときも、泰子さんに参加するか聞きました。すると、やはり少しでも役に立ちたいということで、参加することになりました。

実はこの出会いが、泰子さんにとってのターニングポイントになりました。そのことについては後で詳しく書くことにします。

私たちは、ちいたび会のお陰で就労や「注文をまちがえる料理店」にも参加させていただきました。認知症になって弾けなくなったピアノも、たった一曲でしたが、再び弾くことができるようになり、泰子さんもうれしかったと思います。

ちいたび会に出会えなかったら、こんなふうにピアノを弾いて楽しむことはできなかったでしょう。本当に私たちは、救われました。

ちいたび会は、私たちにとってかけがえのない存在になっていました。

しかし、二〇二一年七月十三日に突然、ちいたび会を解散すると言われ、私たちは呆然としてしまいました。

3

若年認知症家族会設立

「ちいたび会を解散する」と、突然理事長から言われました。

当事者同士が支え合える場の必要性を感じていた残された何人かで、新しく若年認知症家族会を作る必要があるだろうということで、話し合いが始まりました。

その結果、次の四つの目標を達成するために、若年認知症家族会「陽だまりの輪」を始めることにしました。

第一、認知症の方たちの人権を守り、生き生き明るく笑顔で暮らせるような生活ができるように支援します。

第二、介護をする家族の方に対して、家族同士の話し合いで、悩みを聞いてもらったり相談したりすることで、その悩みを解消できるように支援します。

第三、若年認知症の方は、まだ十分仕事ができるし、したいと考えている方もいらっしゃいます。支援をしている団体とコラボして、それが実現できるように企画します。

第四、認知症について、もっと知ってもらえるように発信をしていきます。

二〇二一年七月十日に設立総会を実施し、私が会長になりました。

現在の活動

現在は、毎月第二土曜日に交流会、第三火曜日にカフェを実施しています。

会場は当初、杉並区の公共施設を利用していたのですが、抽選制でいつも確実に使えるわけではないので、開催場所が変わったりしていました。もちろん費用もかかりました。

そんなとき、中野区の施設「桃園区民活動センター」が無料で使えることがわかりました。しかも年間通して申し込むことができ、経済面でも利便性でも本当に助かりました。

また、送迎のためにレンタカーや介護タクシーを利用していましたが、お金のこと以外にも、各ご家庭を回っていくと大変時間がかかってしまうので、うまくいきませんでした。そんなとき、「中野友愛ホーム」のキャラバンを、空いているとき（土曜や日曜など）なら無料で借りることができるようになり、日帰り散策や一泊旅行のときに活用させてもらえて、大いに助かりました。

私たちも、ちいたび会に倣って、日帰り散策と一泊旅行を行っています。さらにお花見やバーベキューも実施しています。

交流会では、まず全体会で初めての方や久しぶりの方に自己紹介してもらい、その後、みんなでレクリエーションをします。ときどきイベントとして、演奏をしてもらったり、みんなで歌ったりしています。

その後、本人組と家族組に分かれ、本人組はレクリエーションをしたり天気がよければ散歩に行き、家族組には最近の様子を伺います。中には悩んでいる方もいらっしゃいますので、看護師や専門家の方、さらに経験者からのアドバイスをしてもらいます。

一泊旅行では、ちいたび会と同様、看護師やボランティアの方が面倒を見てくださるので、介護する方もゆっくり旅行を楽しむことができ、ホッとできる企画です。当事者も、いつも家にいては家族と接するばかりですが、ほかの方と触れ合うことで脳の活性化に役立ちます。さらに会員の方たちとの信頼感も生まれ、落ち着きを取り戻すことに繋がります。

私たち夫婦は、ちいたび会で救われましたので、同じようにほかの方たちの助けになれればと、思っています。
設立して二年経ちますが、少しずつ新しい方も入会してきています。

Chapter 4
一夫と泰子さんの生い立ち

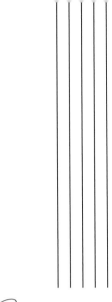

1

出会いから新婚旅行まで

二人の出会い

一九七六年頃、当時の私は二度の失恋で落ちこんでいました。

そんな中、義理の祖母（祖父の後妻）の輝子が、次々と音楽家を紹介してくれました。ピアニストやヴァイオリニスト、どの方もとてもいい方でしたが、なかなか付き合う気にはなれないでいました。

三十歳を過ぎ、少しずつ失恋の傷も癒えて、結婚してもいいかなと思い始めた一九七八年十月頃、親戚の方が、福岡の実家を離れて東京の音大のピアノ科を卒業したばかりのピアニストを紹介してくださいました。さっそく会うことになり、親代わりのお兄さんと二人で我が家に来てくれました。この人が、私と結婚することになる泰子さんでした。

そのときのことを振り返って、泰子さんはこんなふうに話してくれました。

「お見合いはしても結婚する気はなかったし、人生経験になっていいかな、というような軽い気持ちでした。ですからもう全然、全然、そんな気持ちはなかったのよ」

当時を思い出し、笑いながら泰子さんは話していました。

また、大正時代に建てた古い我が家のことを「お化けが出てきそうな家と思った」とも話していました。

私は最初に会ったとき、泰子さんはずっとニコニコしていて笑顔が素敵で、とってもいい人だなあという印象でしたし、実は「この人と、もしかしたら結婚するかもしれない」と思ったのでした。つまり、出会ったときから泰子さんに強く惹かれていたのでした。

そのお見合いの席で、共通の音楽を通して二人の会話は弾み、私は「実は来年の三月に、チェロの演奏会があるので、伴奏をお願いできませんか？　曲はブラームス作曲チェロソナタ第一番です」と聞いてみました。すると何と泰子さんは、にこやかに軽い感じで、「いいですよ」と快く引き受けてくれました。

楽譜を渡しに福岡まで

お見合いの後もしばらく東京にいた泰子さんは、年末に福岡の実家に帰ってしまいました。

よく考えたら、チェロの演奏会で伴奏をお願いしているのに、私は楽譜を渡していませんでした。「まずは練習をしてもらわないと」と思い、福岡まで楽譜を届けに行くことにしました。というのも、私のチェロの先生は、毎月九州にレッスンに行っており、私もときどき一緒に行っていたので、それに合わせて年末に一緒に行こうと思ったのでした。

私が楽譜を渡すために福岡の泰子さんの実家までお邪魔することを、私は前もって連絡もせず突然行ったので、当然泰子さんはびっくりしていました。私を見て「突然来られたのでびっくりしましたよ。緊張もしたし、何て言っていいかわからないし」と戸惑ったのでした。

そして泰子さんは、私が楽譜を渡したら「今日はこれから予定があるのでごめんなさいね」と出かけてしまったのです。残された私は仕方なく、泰子さんの父親・博之と二人きりで話すことになりました。でもそれが、とても良い機会になったのでした。

泰子さんの父親は音楽がすごく好きな方で、音楽談義をしました。特にモーツァルトが好きで、福岡のモーツァルト協会に所属されていました。だから同じくモーツァルトを好んでいた私は、父親に気に入ってもらえたのです。

結婚なんて考えてもいなかった泰子さんも、父親の一言がその後大きく響くことになりました。「この人はいくつになっても、結婚しても態度が変わらない。あの人は良いよ」と、お父さんが泰子さんに話していたそうです。そして「あの父が言ったことだから。父が一夫さんは言動に一貫性があって信頼できる人だって言ってくれたことが、今もあっ、本当にその通りの人だったのだな、と思えます」と、泰子さんは振り返って話していました。

奇跡の再会

さて、泰子さんに演奏会の伴奏をお願いしたものの、練習予定の年明けになっても何の連絡もなく、私は不安になりました。二月が過ぎた頃、そろそろ本番も近いしもうチェロの先生の奥様に代わりにピアノ伴奏を頼もうか?と諦めかけていたとき、泰子さんはひょっこり現れたのでした。

「ひょっこりね、ハハハハハ（笑）ごめんね」と、無邪気に笑う泰子さん。

実は実家に帰った後、彼女の二人のおばあ様が立て続けに亡くなられたのでした。

でいたそうです。
そんな慌ただしい中「今みたいに電話もなかなかできないしね」と、連絡できない

そして、彼女が突然やってきた二月二十一日は、偶然にも私の誕生日だったので

す。これには運命を感じました。彼女は、本当に何も知らなかったそうですが……。

私の誕生日にひょっこり現れた泰子さんは、その日から毎日練習に来てくれまし

た。

この日から練習が続きましたが、よく考えたら、お互いの奏でる音色を聞いたの

は、この日が初めてでした。

「毎日音を合わせたね。演奏会本番までは猛練習で」と私が言うと、

「だってもう間に合わないもん、合わせるのが難しいし」と泰子さん。

「あの頃は、僕の仕事がすごく大変な時期だったから、帰ってくるのが遅くて」

「そうね、もうちょっとやりたいと思っても、何か疲れているような感じで」

「でも『リズムを合わせるのメトロノームでやりましょう』とか言って（笑）」

「悪いな悪いな、と思っていたんだけど、合わせるしきに合わないといけないでしょ？」

猛練習を重ねながらも、私たち二人には楽しい時間でもありました。

演奏会に向けて、初めて二人で音楽を作っていくことに集中していたときを、私は「すっごく充実していた。あのときが今までの中でも一番充実していたかもしれない」と思いました。私が、この人だ、と思った泰子さんは明るくて可愛らしい人というだけでなく、ピアノを弾いているときの姿勢も、またその音色も素敵な人でした。

そして彼女は、私のことを「律儀で、優しくて。父の言った通りの人でした。一夫さんのチェロは、本当に綺麗で、大好きなんです。難しいけれど、美しいこの曲を二人で丁寧に弾き直し、音を重ねてきました」と大絶賛してくれました。

わずか十八日の付き合いで結婚を決める

一九七九年三月十一日、本番の日が来ました。

短期間の音合わせでしたが、毎日合わせた練習のお陰で満足がいく演奏ができ、大きな拍手をいただきました。

終了後の反省会では、とてもいい演奏だったと、先生はもちろん皆さんから大絶賛でした。

そんな中、一緒に演奏した仲間に、「当然二人は結婚するんでしょう」と突然言われたのです。でも私の決断は早く「はい」と言ったのでした。

「一夫さんたら強引なんだから（笑）。私も結婚したいと思っていたので、何となく恥ずかしかったし、ちっちゃくなっていました」と照れる泰子さんでした。

結局、このとき私は結婚宣言をすることになったのでした。お見合いをし、交際を始めてわずか五か月、演奏会のために毎日練習で会うようになって十八日でした。

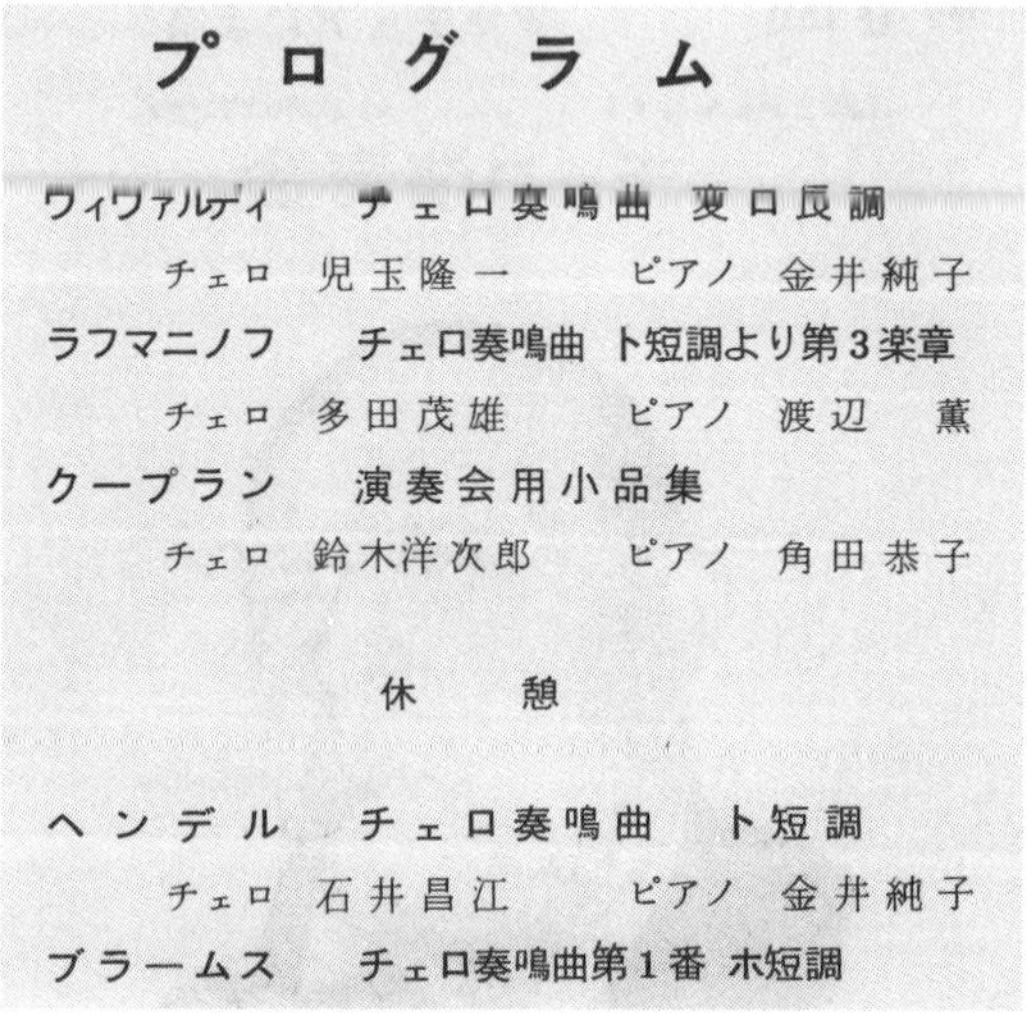
プログラム

ヴィヴァルディ　チェロ奏鳴曲　変ロ長調
チェロ　児玉隆一　ピアノ　金井純子

ラフマニノフ　チェロ奏鳴曲　ト短調より第3楽章
チェロ　多田茂雄　ピアノ　渡辺　薫

クープラン　演奏会用小品集
チェロ　鈴木洋次郎　ピアノ　角田恭子

休　憩

ヘンデル　チェロ奏鳴曲　ト短調
チェロ　石井昌江　ピアノ　金井純子

ブラームス　チェロ奏鳴曲第1番　ホ短調

結婚式の準備

それからが大変でした。私は福岡に行き、「泰子さんと結婚させてください」と彼女のご両親にお話をしました。私を気に入ってくれていた彼女の父親は、結婚に賛成してくださいましたが、母親は「無理しないで断ってもいいのよ」と囁くように、泰子さんに言い続けたそうです。東京の音大を卒業し、そろそろ福岡に帰ってくるものだと思い、家も改築して待っていただけに、卒業と同時に突然娘を失うような、寂しい気持ちになったようでした。

このように母親は少し反対気味でしたが、何とか了承していただきました。

私はもとより、彼女もほっとしました。

結婚が許されると、今度は式の準備で忙しくなりました。

結婚式場を探し始め、直前に結婚式を挙げた知り合いが東中野にある日本閣（今は閉館）を紹介してくれました。五月二十二日が空いていたので、さっそく申し込みをしました。さらに結納の日取りを、三月三十日にすることに決めました。

結婚式は、親戚の方とごく親しい友人だけを呼んで、仲人は私のチェロの先生夫妻にお願いしました。

私たちの超スピード婚は、極秘婚でもありました。私の同僚の結婚式が三月・四月と二つあって、その話題で持ちきりになっており、実は私も五月に急に結婚します、

とは言えなかったのです。したがって式は身内でやることにしたのでした。

当日、私は祖父の紋付袴を着たのですが、祖父は私より小さかったので何と丈が短かったのです。

泰子さんの衣装は卒業したばかりでお金がなかったから「一番安いのでいいわ」と言って、ぱっと見て「はい、これにします」と即決しました。「やっぱり早く結婚したかったのかな（笑）」なんて、私は心の中で思っていました。

出会いから結婚式まで恋愛している暇なんかなかったというほどのスピード婚。だから、結婚したときはお互いを全然わからなくて、だから結婚生活が新鮮だったのかもしれません。私たちは、結婚してからが恋愛の始まりだったというわけでした。

お色直しには、私は白のタキシード、彼女はサーモンピンクのドレスを身に着けました。泰子さんは、このサーモンピンクの色が好きでした。淡く優しい色が、彼女にとてもよく似合うのです。

結婚式はまるで演奏会

結婚式は、両家合同演奏会のようになりました。

まず泰子さんの父親が、シューベルトの歌曲を彼女の伴奏で歌いました。泰子さんの友人のヴァイオリニスト河井裕子は、彼女のピアノ伴奏でクライスラーの『愛の喜び』を演奏してくれました。さらに、作曲家で音楽家の私の伯父の小野衛はお琴を演奏し、私がチェロを弾いて、宮城道雄の『瀬音』を演奏しました。そして最後は、私のチェロと泰子さんのピアノ伴奏によるサンサーンスの『白鳥』で締めくくりました。

私たち二人とも音楽一家だったからこそ

できた、とても印象に残るいい結婚式になりました。

実は、結婚式のシナリオもタイムテーブルも、今まで友人の結婚式を手伝っていて慣れていた私が、すべてプランを作りました。「一夫さんは何でもできちゃうの」と泰子さんは笑って、彼女の友人たちに私のことを自慢してくれました。

結婚パーティーは、六本木のコージーコーナーでしました。店内にあるピアノがその決め手でした。ここでは、私の大学時代のオーケストラの仲間や職場の同僚、そして二人の友人たちもたくさん来てくれました。

結婚式同様、出席者も演奏したり聴いたり、みんな喜び楽しんでくれていました。来た人が楽しんでくれて、ああ来てよかったなって思ってもらえるような式にしたいと思って、総合プロデューサーの私は奔走しました。自然と人を喜ばせようとする気持ちが湧き出るのは、両親譲りかもしれません。

結婚式翌日から別居生活

結婚式の当日は、東京駅近くのホテルに泊まりました。翌日、泰子さんは六月に恩師が開く「新人演奏会」に参加するため、新幹線で実家のある福岡へいったん戻りました。私は東京に残って仕事をしなければならないので、結婚直後から私たちは別々の暮らしとなってしまいました。

福岡のピアノの先生は大変厳しく、泰子さんの突然の結婚も快く思わず「発表会の準備ができなくて弾けないなら出なくていい。やめなさい」とまで言われたそうです。気持ちが萎えていた泰子さんに、母親は「今まで一生懸命練習してきたことだから、中途半端にやめないで、最後までやりなさい。自分が頑張ってきたものを人様にもお見せして、それをきちんと示しなさい」と励ましたそうです。母親の言葉を受けて、泰子さんは、演奏会に参加し、『ショパンのバラード四番』を弾きました。彼女の

ショパンは非常に音が綺麗で、ショパンの魅力がよく伝わるのです。彼女のピアノの演奏が好きだという方もたくさんいます。私は、当日花束を持って会場にかけつけ、彼女の演奏を聴いていました。とてもよかったです。

そしてこの演奏会が、泰子さんにとって福岡から東京への気持ちの切り替えになったのでした。

甲子園に応援に

六月に入り、泰子さんが福岡から戻ってようやく東京での共同生活が始まりました。

私が、当時数学教師として勤務していた城西高校の硬式野球部が地区予選に出場したので、二人で神宮球場に応援に行きました。何とそれが結婚して最初のデート、いや付き合って初めてのデートでした。

すぐ負けるからと言っていたら、何と東東京大会で優勝して、甲子園出場が決まったのです。甲子園へも行こうと、一回戦、二回戦と学校が仕立てたバスで、応援に行きました。野球観戦は初めての泰子さんも、夢中になって応援していました。

その後は、新婚旅行の出発日となり、もう飛行機のチケットも取ってあったので、後ろ髪引かれる思いで新婚旅行に旅立ちました。

結局、城西高校はこの年の甲子園大会でベスト8まで勝ち上がりました。

城西高校はこの頃から、文武両道の良い校風がありました。体育の先生が世界選手権の女子レスリングに初出場していて、当時の学校には珍しく女子レスリング部がありました。硬式野球部は甲子園ベスト8に、ほかにも重量挙げ部、水球部などとスポーツが盛んな活気に溢れた学校でした。それと同時に、人間教育を真剣に考える教師も集まっていました。

だからと言って生徒は優等生ばかりではなく、問題を起こす生徒もいましたが、熱心な先生方が多かったので、私も彼らと真剣に向き合っていました。初めて組合を作り、労働環境を改善したり、どういう学校にするかをみんなで話し合ったりしました。教員の家族同士も仲が良くて、皆で蔵王にスキーに行くなどしてよく集まっていました。

時間をかけた改革が必要だったため、毎晩遅くまで目いっぱい仕事をしていました。そうした教師の作る熱い雰囲気が学校の土台となり、生徒たちの活気にも繋がっていました。大変だけど仕事はやりがいがあり、また楽しんでやってもいました。

新婚旅行はハプニング続出

甲子園の応援から自宅に帰ってくると、慌てて新婚旅行に出かける準備を進めました。そして八月十五日に新婚旅行に出発しました。

私たちは「夏のヨーロッパ音楽祭」というツアーに参加しました。しかしツアーとは名ばかりで、往復の飛行機と初日と最終日のホテルが決まっているだけで、それ以外はすべてフリーだったのです。ですから、パンフレットを見ても、何も決まっていませんでした。

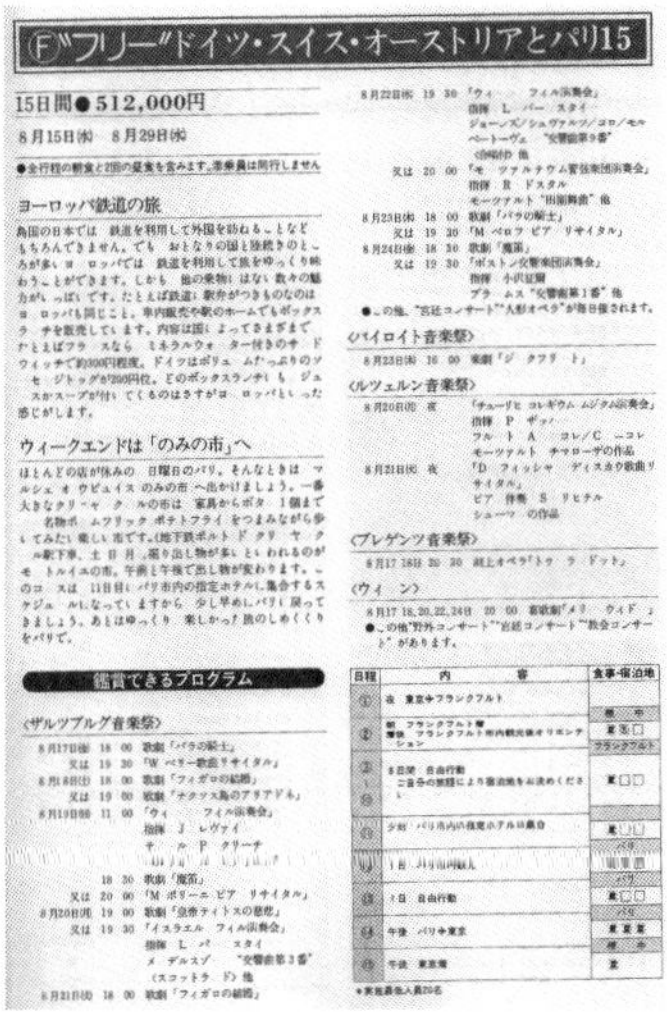
Ⓕ"フリー"ドイツ・スイス・オーストリアとパリ15
15日間●512,000円
8月15日(水)　8月29日(水)
ヨーロッパ鉄道の旅
ウィークエンドは「のみの市」へ
鑑賞できるプログラム
〈ザルツブルグ音楽祭〉
〈バイロイト音楽祭〉
〈ルツェルン音楽祭〉
〈ブレゲンツ音楽祭〉
〈ウィーン〉

どこにどうやって移動するか、どの音楽会に行くか、どこに宿泊するかはすべて自分たちで決める必要があり、結婚式のときと同様、私が今度は旅行プロデューサーとして、時刻表や地図を眺めて自ら計画を立てたのでした。

事前に旅行会社から配られたのは、時刻表、ホテルリスト、そして予定記載用の手帳でした。まずは予定していた行き先を予定記載用の手帳に書き込み、準備をしました。

しかし、どんなに丁寧に計画を立てても、すべてその通りにいくわけはなく、予定はどんどん変わってしまうものです、予定記載用の手帳には、赤字で訂正がたくさん書き込まれていました。

例えば、予定していたホテルがとれなかったとか、列車の時間にたどり着けなかったとか、いろいろな不測の事態が発生しました。そして、ツアー参加者十二名とは、初日にドイツのフランクフルトで別れて、最終日のパリで集まるだけでした。出発前、早くも最初のアクシデントが発生しました。箱崎ターミナルで受け取るはずのパスポートが届いていなかったのです。問い合わせると、成田に届けたとのことでした。やれやれ。

最初の経由地ロンドンでは、言葉が全く通じなくて、乗り換えの便がわかりません。しかもツアー客全員がしゃべれなかったのですから大変でした。何とか語学ができる人を見つけて、乗り換えに成功し、胸を撫でおろしました。

フランクフルトでは、ホテルが立派で喜んでいたのもつかの間、翌朝エレベーターが故障。五階の部屋からロビーまで、重い荷物を階段で運ぶはめになりました。

翌日はウィーンのホテルに宿泊する予定だったのですが、ちょうど同じ日に大きな学会が開かれていたようで、ホテルリストに載っているホテルに問い合せましたが、空きが一つもありませんでした。行けば何

とかなると思い、とりあえずウィーンに向かうことにしました。まず最初に、音楽会のチケット購入に窓口に行きました。四苦八苦しましたが、身振り手振りでやっとメリー・ウィドウのチケットを購入することができました。チケットの次は宿泊先です。今度は、駅のインフォメーションに行きました。再度身振り手振りでホテルもゲットすることができました。しかもドナウ川沿いの素敵なホテルでした。

当時を二人で振り返って、

「ハハハハ、結構面白いよね。絶対駅に行けば宿はあると思っていたよ。綱渡りだけど、こうやってウィーンでメリー・ウィドウを聴いて、ザルツブルクでポリーニも

バーンスタインも聴くことができました。だめだったら別のプランに切り替えれば何とかなるものですよ」

「頭のいい人じゃないとできないな（笑）。それにいろいろ知っている人」

と笑い合いました。

音楽祭を無事に終えて、スイスのチューリッヒからモンブランに行けたのはうれしかったです。八千メートル級の山に登るのに、私は寒さ対策にセーターを購入しました。しかし泰子さんは、なぜか寒さと関係ない民族衣装（アルプスの少女が着ていた服）を買って喜んでいました。

あくる日は、スイスからフランスのニースに行こうと思って、駅のホームで列車を待っていましたが、一向に来ません。何と、国をまたぐので駅の中に税関があり、それを通って別のホームに行かなければならなかったようです。結局、ほかの予定もあったので、残念ながらニースには行けませんでした。

最終地のパリでは、市内観光とノートルダム寺院などの有名どころに行きました。エッフェル塔の前でツーショットで写真撮影。ホッとリラックスした笑顔でした。

最初から最後までフリープランで、スリリングでドキドキする不安だらけの旅でした。さらに私たちは二人とも、全く現地の言葉が喋れずに、度胸だけで挑んでいました。泰子さんは私を、そんな無鉄砲な人間だとは知らなかったから驚いたようですが、最終的には私といれば安心だ、と思ってくれたそうです。無事に泰子さんと帰ってこられてほっとしました。

泰子さんが旅行中のメモをしっかり残してくれていたので、前述のライフレビューで二人の思い出を取材されたとき、新婚旅行のことを昨日のことのように思い出すことができました。ありがとう泰子さん。

珍道中は無事に終わりました。

2

我が家の話し合い

居酒屋で

私たちが結婚したときは、組合活動が一番大変なときでした。私は立ち上げメンバーの一人で、執行委員もしていました。さらに後年には執行委員長も歴任したので、なかなか二人で話をする時間が取れませんでした。

Chapter 4

一夫と泰子さんの生い立ち

このままではいけないなぁと思った私は、ある日「東高円寺村（居酒屋）で飲みながら話をしない？」と提案しました。泰子さんは「私も、話したいことがあるし、いいいんじゃない」と賛成してくれたので、毎週水曜日に話をすることにしました。私は学校での良かったことやうまくいかなかったことなどを話し、泰子さんはどうしたらピアノが好きになってもらえるかといったレッスンでの悩みや子育てについての相談を話してくれました。私は、自分の経験から様々なアドバイスをしたりしていました。

「お陰で音符カードを作るだとかの工夫で、子どもたちが楽しみながらレッスンを頑張れたわよ」と泰子さんは言っていました。

この話し合いによって私たちは、お互い隠し事がなくなり励まし合うことができました。ですから、けんかなんてしませんでした。

祖母と子ども二人の五人で暮らしていた一九八四年頃の出来事でした。長男の保は、まだ小学校に上がる前でしたが、私たちが東高円寺村に行っていることはわかっていました。

そんな中、まだ小さかった妹の泉が泣き始めました。そこで長男は、祖母と妹を連れて、東高円寺村まで来たのです。しかも妹は、靴を手に持っていて裸足でした。私たちがどこにいるのかを子どもたちはわかっていたので、心配はなかったようですが、その後は子どもたちも連れて、一緒に食事をしながら話し合うようにしました。

泰子さんはこの東高円寺村で、マスターから様々な料理を教えていただき、どんどん上手になっていきました。

そうしてマスターとも次第に顔なじみになり、ついにはマスターご夫婦と我が家の別荘に一緒に旅行に行くぐらいに仲良くなりました。私たちは運転ができないので、マスターの車に乗せてもらい、別荘での料理もマスターに作ってもらえるという、私たちにとっては超リッチな旅行でした。

家族会議始まる

子どもは三人目も生まれ、やがてみんな小学生になりました。そこで泰子さんが提案し、月一回家族会議を開くことになったのです。この会議では、親も子も関係なく何でもみんな平等にし、司会と書記は家族五人で持ち回りでしました。まず一人ずつ、一か月間の反省と今後の目標を言い、続いて家族それぞれに、言いたいことやこうしてほしいと思っていること、よかったことなどを言うようにすると、これはとてもうまくいきました。

いや、正確にはただそれだけでは多分うまくいかなかったと思います。泰子さんの提案で、会議のときに食べるお菓子を子どもたちが買ってくるようにしたのです。このお陰でうまくいっていたのだと思います。食べ物で釣るのも、ときには効果がありますね。

定例ミーティング

こんな土台があったからか、泰子さんが認知症になってからも、月一回子どもたちが我が家に集まって様々な問題について話し合っていました。

・現在使える介護サービス
・泰子さんが、この先施設に入居する費用は年金や貯蓄で足りるのか
・財産状況の把握
・保険証書などの管理

・私の将来の問題も同様であること
・災害時の準備
・相続の問題

これらのような様々な問題や一か月の状況を話し、場合によってはその対策について意見交換をしていました。残念ながらコロナ禍になってからはリモートで行っていました。

このように我が家の話し合いは、家族みんなで取り組むことになり、とてもよかったと思います。

3
私の生い立ち

両親は音楽好き

私は一九四八年に、杉並区高円寺で姉と弟二人の四人兄弟の長男として生まれました。小学校は三年生の一学期まで宝仙学園、その後、千代田区立番町小学校に転校しました。中学は千代田区立麹町中学校、そして高校は都立城南高校（現在は都立六本木高校）、大学は東京理科大学で学びました。

父の小野勝は、趣味で尺八を吹いていましたが、職業としては国立療養所東京病院（現在は国立病院機構東京病院）の肺結核の外科医長で、コロンボ計画でタイやインドネシアに行き、指導もしていました。

伯父の小野衛は作曲家で、箏曲家の宮城道雄の養嗣子になった人です。邦楽（地歌・箏曲）の演奏家でもあり、作曲家でもありました。記譜を五線譜にしたり、洋楽を取り入れた作曲をしたりしていました。私の結婚式では、お琴の演奏をしました。なお、宮城道雄はお正月にテレビ番組などでよく聴く『春の海』を作曲した人です。

母のさとは宮城道雄の弟子で、東京音楽学校（東京藝術大学の前身）の邦楽科を卒業していました。そんな関係で結婚したそうです。

また両親は二人で、療養所の患者さんたちにお琴と尺八の演奏をしていました。つまり両親は、大の音楽好きだったわけです。

父親は、自分でアンプやスピーカーなどを作っていて、「なぜ作っているの」と聞いたら「レコードをいい音で聴きたいから」と言っていました。さらにその後、テレビも作っていました。私たち家族は高円寺の家と病院の官舎にも住んでいて、行ったり来たりしていたのですが、官舎の庭には父が鳥小屋やリス小屋を作ってくれて、そこで飼っていました。何でも作るのが好きだったんですね。

音楽好きな父は、高円寺の我が家でレコードコンサートをしており、また母も、医者の子どもたちを集めて病院の官舎で、子どもコンサートを開催していました。私が我が家でコンサートをするのも、この父や母のコンサートが大きく影響しているのだと思います。

私は、幼少の頃から蓄音機でレコードを聴いていましたが、一枚のレコードが三分ほどで終わるので、そのたびにレコードを入れ替えながら遊んでいました。また、母の勧めで五歳からヴァイオリンを習い始め、ヴァイオリンの先生がヴァイオリンを弾くのにいいと言うので、五年生のときから一年間だけピアノを習いました。ヴァイオリンはあまり自分に合っていないと思っていたので、小学校卒業と同時にやめてしまいました。

チェロを始める

中学生になった一九六〇年、伯父（母の兄）が頭脳流出でアメリカに移住し、そのときにチェロを置いていきました。伯父のチェロの演奏は、正直言ってうまいとはいえなかったのですが、何となく肉声に近いチェロの音色が気に入ったし、ヴァイオリンと違って構え方が自然だったこともあり、私もチェロを弾き始めました。

高校生になると音大の先生にチェロを習いましたが、その演奏法が私に合わなくて一年でやめました。高校では音楽部に入り、そこでは合唱だけでなく合奏もやっていたので、チェロを弾いて楽しんでいました。

小さい頃から数学が好きだったこともあり、大学は東京理科大学に入学して管弦楽団に入部しました。チェロがうまくなりたい一心で講義にはあまり出ず、ひたすら部室で練習していました。そのため、苦手な語学は単位を落としていました。

先生との出会い

先輩に指導してもらおうと思って入部した管弦楽団でしたが、私より下手でそれも叶いませんでした。

しかし、ある日高円寺の我が家の二階で何とチェロの音がしたのです。それは、我が家に間借りしていた方が弾いていたのでした。プロの方だそうで、さっそくレッスンをお願いし、弟子にしていただきました。何と、私が一番弟子でした。

その方が、読売日本交響楽団、東京交響楽団、東京フィルハーモニー交響楽団などのオーケストラ奏者を経た後、チェロの指導者、フリーのチェロ奏者として活躍された角田孝雄先生です。この出会いが私のその後の運命を変えたのでした。

角田先生には、私のレッスンだけでなく、東京理科大学管弦楽団のチェロパートの指導や個人レッスンもしていただきました。

その後、先生はさらにいくつかの大学オケのチェロパートの指導やレッスンをするようになりました。しかし、初心者はなかなか一人では曲の演奏までできないので、先生の指導の下、弟子たちの合奏を始めることになりました。友人の調律師が初心者でも弾けるチェロ合奏用の作曲をしてくれたこともあって、初心者も演奏を楽しむことができるようになり、大変好評でした。さらに年一回の合宿も始めました。

そして、角田先生のお弟子さんによる「チェロアンサンブル　パブリート」が誕生しました。パブリートとは、チェリストのパブロカザルスのパブロの幼名のことで、私が会の命名をしました。また、発表会は年二回行っていましたが、お弟子さんが五十名ほどになってきてソナタ全楽章を弾くなどということができなくなり、発表会とは別に年一回、「高尾の会」という会を開催することになりました。こちらでは、チェロソナタ全楽章を五人程度で弾くため、普段と違って一人三十分ほどの演奏時間を持つことができました。

また先生は、福岡に毎月一回大学オーケストラのレッスンをしに行き始めました。私も夏休みなどの休みのとき、何度も連れていってもらいました。そんなわけで、福岡の泰子さん宅に、楽譜を持っていく機会があったのでした。

角田家に居候

大学は無事に卒業したのですが、何のために数学を高校まで学ぶのかということに悩んでいて就職しませんでした。そして、大学時代からしていた家電量販店の配送のアルバイトを続けていたのですが、そのアルバイト先は角田先生の実家の近くだったので、今度は私が先生のお宅にお世話になることになりました。

そんなとき「音大を受けるのですが、グランドピアノで練習をしたい」と、先生のお宅に女性が訪ねてきました。そのときにたまたま在宅していた私が対応したのですが、その女性はすっかり私が角田先生だと思われたそうで、後から本物の先生を見て大変驚いていた、なんてこともありました。

弾くことを許可された彼女は、さっそくピアノの練習をしに来るようになったのですが、なかなか上手になりませんでした。そこで、このままでは音大は無理だと思った先生は直接レッスンをし始めたのです。そうこうしているうちに何と二人は、結婚することになっていました。結婚後、彼女はピアノのレッスンをしながら、チェロのお弟子さんの伴奏を始め、メキメキと上手になられました。

また私は、先生のお手伝いで三鷹市管弦楽団に入り、オーケストラの演奏を始めました。そのうち団長にまでなり、例えば市主催の親子コンサートで市の担当者と折衝をするなどしていました。

そのような活動の中で、大学時代に悩んでいた「何のために数学を高校まで学ぶのか」について、何かわかった気がしたのです。直接的に数学の知識を使うのではなく、見る方向が一方的にならないように視野を広げる力を養うことが大切で、数学はもちろん、様々な学問を学ぶことが大切なのだと思えるようになったのです。

そうはいっても、いつまでも働かないでブラブラしているわけにはいかず、数学の教員免許を取ることにしました。大学に入学したとき、まず言われたのは「卒業後、教員免許を取りに来る卒業生がいますが、そういうことがないように在学中に取るように」ということでした。あれだけきつく言われたのに、結局卒業後に申し込みに来た私はやはり怒られました。そうして怒られながらも私は無事高校の教員免許を取得したのでした。このとき、一緒に取ることができる中学校の教員免許を取らなかったのには、当時必須科目だった「測量」の存在がありました。私は夏の炎天下の中、外で講習を受けるのが嫌で、受けなくとも取得できる高校の教員免許だけ取ってしまったのでした。しかし、この選択はまた私を後悔させることになりました。

数学の教師になり、すぐに担任になったが

教員免許を取得した私がさっそく就職先を探していると、姉・さえ子の義父が豊島区千早町にある城西高校（当時は高校だけ）を紹介してくれて、二十五歳（一九

七三年）のとき高校の数学教師をすることになりました。

教員になり、さぁ心機一転頑張ろうと思っていたら、何といきなり一年生の担任になり、一年生は六月にはオリエンテーション旅行があるので、四月早々からその準備で忙しくなったのでした。

それでも五月の連休には、パブリートの仲間で飯能の天覧山に行くことができました。

しかし、登山の途中で変な咳が出始め、帰宅すると空咳も出て、さらに血痰まで出始めたのです。これは変だと思い、さっそく父に診てもらったところ、肺結核と診断され、そのまま父の勤めていた清瀬市の国立療養所東京病院（現在は国立病院機構東京病院）に入院することになりました。せっかく就職した学校でしたが、わずか二か月で休職して担任も外れることになりました。

入院中は、午前も午後もベッドで寝ていなくてはならない時間帯があり、その時間になると大きなサイレンが鳴るのでベッドに戻ります。病室は個室なので、家（病院の官舎）からオーディオを持ち込んで、その間レコードを聴いて癒やしていました。

Chapter 4

一夫と泰子さんの生い立ち

二度の失恋

当時私は、チェロ仲間の女性を好きになり、結婚したいと思っていました。入院中のある日、その彼女がお見舞いに来てくれました。彼女から友人関係のことで相談があり、私は「いろいろな人と付き合った方がいいよ」と言ったのでした。そして、後日再びお見舞いに来た彼女から「彼からプロポーズされ、結婚することにしました」と衝撃的な一言を受けました。

当然ものすごいショックを受け、あんなこと言わなければよかったと悔やんだと同時に、私より彼の方がよくて選んだのだからしょうがない、とも思いました。

その日は一晩中、バッハの無伴奏チェロ組曲第五番を聴いて泣き明かし、しかし、それでスッキリしました。その後も彼女とは、友人として付き合っています。

三か月くらいで退院予定でしたが、耐性の菌だったようで薬が効かず、結局八か月も入院し、翌年（一九七四年）の二月に退院しました。退院するときにはすっかり筋肉が落ちて、ほっそりスマートになりました。

失恋からやっと立ち直った頃、福岡で角田先生のチェロのレッスンを受けていた女性と恋愛関係になりました。

五月の連休や夏休みに新幹線や飛行機で会いに行く遠距離恋愛が始まり、毎回会いに行くのを楽しみにしていました。

交際は順調に進んでいて、彼女のご両親に耶馬溪に連れていってもらったこともあり、そのとき父親と一緒に温泉に入ったりしてとてもいい関係でした。これはいい思い出です。

あるときは、福岡との中間地点ということで、彼女と京都でデートをしたりもしました。

順風満帆のように思っていたのですが、なぜかピタッと合う感じがどうしてもせず、話し合って別れることにしました。

これで二度目の失恋です。

私の憔悴ぶりを見た義理の祖母・輝子が、チェロの伴奏者を希望していた私のために、音楽家を紹介してくれていました。しかし、失恋してからしばらくは、結婚について考えられませんでした。

三十歳が目前に迫る頃、なぜかますますチェロの伴奏をしてくれる方と結婚したいと思うようになったのでした。そんなとき親戚の方が、音大を出たばかりのピアニストを紹介してくれました。親戚の娘さん二人にピアノを教えていた、泰子さんという先生でした。

学校の民主化を求めて組合結成へ

退院後一年間は、担任は持たずに数学教師として勤め、クラブ顧問は電算部とギター部と弦楽部を持ちました。

次の年になっていよいよまた担任を持つことになり、本格的な教員生活が始まりました。

しかし、当時は給与も低くて給与体系もハッキリしておらず、また教育内容も決して良いとは言えませんでした。なので毎年辞める教員が多く、次々と新しい先生に変わっていました。

そんな中、待遇改善や教育内容の充実を目指して組合を結成しようと思う先生たちが集まって、毎日気づかれないように気をつけながら準備を始めました。

そして、いよいよ結成集会を行うため、私が昼休みに校内放送をして教職員のみんなを会議室に集めました。

その後、私が財政分析をして問題点を明らかにし、学校側に給与体系を作らせると、給与も徐々に上がり、ついに給与に関しては、都内五本の指に入るほどになりました。すると次第に良い先生も集まりだし、教育内容も改善してきました。学級編成も、能力別や文系理系などは廃止。文系理系を分けない自然学級編成にし、また大幅な選択制を導入しました。さらに、通知表や指導要綱をコンピュータ化できるようにプログラムを作り、教員の負担を軽減してその分もっと生徒たちに目を向けた指導ができるように、と考えました。

組合員の先生たちが一丸となって改革していった成果として、城西学園はとても民主的な学校になり、待遇も大幅に改善されました。私は一番激しい時期に、解雇覚悟で組合の委員長をしていたのです。

中学校併設で中学校免許取得へ

当時中高一貫校を目指し、私立高校が中学校を併設する動きが進む中、城西学園でも一九九一年に中学校を併設することになりました。

この話が出る前から私は、中学生も教えてみたいと思っていました。

しかし、私は前述の通り中学校の教員免許は取っていませんでした。

そこで、出身大学（東京理科大学）の夜間部で取ることにしました。ただ、この当時、母方の祖父・三川一一が妻と三人の子どもを亡くし、「跡取りとして一夫を養子に欲しい」と言われ、私は小野姓から三川姓になっていました。したがって、その書類も揃えなくてはならず、申請期間に間に合うかどうかギリギリの状態でした。もう無理かと思ったりハラハラドキドキでしたが、無事に講義を受けることができ、ホッとしました。

こうして私は、仕事が終わってから、中学校の教員免許に必要な単位を取りに大学に行くようになりました。地下鉄一本で通えたので助かりました。

大学の講義は、私にとって有意義なものでした。それは教える立場ではなく教えてもらう立場になったことで、学生時代以来久しぶりに生徒の気持ちが経験できたからでした。

また、同時期に中学校開設の委員になり、どういった学校にするかという方針計画に携わりました。そして一九九二年、二期生の担任となりました。

開設したての頃の城西中学校はクラス数も少ないので、三年間担任は持ち上がりでクラス替えをしない予定でした。しかし、二クラスあった一期生は二年生になったときにある問題が起き、急遽クラス替えをすることになりました。それにともなって、二期生も二年生になるときにクラス替えをすることになったのでした。そのことを三学期に二期生の学年全体に発表したら、大変なことになりました。

学年の女子全員に、私は無視されるようになってしまいました。彼女たちは、決して「クラス替えがいやだ」と言っているわけではなく「クラス替えをしないと言っていたのに、急に変更したこと」に対して、私たち教員を信頼できないと、怒っていたのでした。

ですから、二年生のクラス運営や学年運営は大変でした。それでも学園祭や修学旅行の準備等をするなかで、徐々に彼女たちとの仲が修復でき、三年生ではやっと通常の運営ができるようになってホッとしました。

その後の一九九六年、私は六期生の担任を受け持ちました。

そしてその子どもたちが三年生になり、いよいよ明日は卒業式ということでその準備をしていたときに、何とギックリ腰で腰を痛めてしまったのです。休み休みしながら、何とか準備を頑張りましたがとうとう動けなくなり、同僚に言ってかかりつけの整体院に連れていってもらいました。しかし、そこでの治療でも回復できず、結局救急車で病院に搬送され、入院することになってしまいました。

私は残念なことに、大事な卒業式に担任として参列することができませんでした。今でも、六期生の子どもたちには大変申しわけないことをしたと思っています。

腎臓がんで手術

二〇〇〇年には、十期生の担任を受け持ちました。二年生の三学期（二〇〇二年）が始まるとき、人間ドックの超音波検査で腎臓がんが見つかったのです。結果、手術が必要ということで、入院することになりました。

泰子さんは、入院中毎日面会に来てくれました。とてもうれしかったし、ありがたかったです。

手術は無事に終わり転移もなく、がん細胞もすべて切除されたとのことでホッとしました。

また、この年はギックリ腰で卒業式に出られなかった中学六期生たちの高校の卒業式が附属の城西高校で行われるので、何としても出席したいと思いました。そうしないと、中学も高校も卒業式に出られないことになってしまいます。病院と学校は近くだったこともあり、外出許可をお願いして高校の卒業式には参列することができました。

家族会議全員賛成で早期退職に

私は以前から、学校での不登校の指導には限界があると考えており、学校を退職して専門的な指導をしたいと思っていました。また、がんで手術したこともあり、死について考え始め、残りの人生を自分の思うように悔いなく送りたいと考えるようになり

ました。そして次男が高校生になるタイミングで、早期退職しようと思ったのでした。

そこで、いつものように家族会議を開きました。早期退職したい理由を話すと全員が賛成してくれて、二〇〇三年に五十五歳で城西学園を早期退職することに決めました。

退職するとまずは、本当に不登校の子どもたちの指導ができるのかを確かめるために、学校に行かない、行けない子どもと青年の安心と学びの居場所「フリースペースコスモ」に問い合せたところ、受け入れてもらえることになり、ボランティアとして行くことにしました。

また、初めて公立中学校の非常勤講師と大学の非常勤講師もすることになりました。

さっそくフリースペースコスモで指導を始めましたが、こちらが教えようとすると、子どもたちは離れていってしまうのです。そこで、子どもたちに興味を持ってもらえることを勝手に始めてみました。すると、興味をしめした子どもがボチボチやってくるようになり、「よかったら一緒にやらない」と誘うとだんだん集まってきて参加してくれるようになりました。一年が終わる頃には、すっかりなじんでくれました。

そこで、今度は自分でＮＰＯ法人を作り、自宅で指導を始めることにしました。そのときの子どもたちへの対応は、のちのち介護で大変役に立つことになりました。

その後も私は、二〇〇七年、二〇〇八年、そして二〇一六年には二回も病気やけがで手術をすることになりましたが、そのたびに無事に回復してきました。

以前からＰＳＡ（前立腺特異抗原）値が高めで、何度も病変の一部を採って顕微鏡で詳しく調べる生検（生検組織検査）やＭＲＩ検査をしましたが、がんではないとの結果でした。

泰子さんの本格的な介護が始まって一年ほど経った二〇二〇年に、ＰＳＡ値が三十を超えてしまいました。そこで、がん研究会有明病院を紹介してもらい、再度生検をしたところ、前立腺がんと診断されました。

泰子さんの介護のことがあるので、手術ではなく五日間で終わる強度変調放射線治療をお願いし、その間泰子さんはショートステイにお願いしました。

お陰でスムーズに治療ができました。その後も転移もなく順調です。

4 泰子さんの生い立ち

父親が歌の伴奏をさせたくて

泰子さんは、兄の通敬がピアノを習っていたので一緒にピアノを習い始めました。そして八歳になったときに、福岡で有名な先生について本格的に習い始めました。父親の博之は、歌を歌うのが好きで、よくドイツリートを歌っていたので、泰子さんにその伴奏をさせたかったのです。そのため念願の娘の伴奏で歌が歌えて、とても喜んでいました。私たちの結婚式でも歌っていました。

また父親は阿蘇山が大好きで、よく家族みんなで登っていました。泰子さんは、兄の後をちょこちょこついて歩いていました。絵を書くのも好きで、我が家の玄関に掲げてある絵は、父親が描いた阿蘇山の絵です。泰子さんが健脚なのは、山登りをしていたからかもしれません。

父親は、仕事の関係で九州の各地を転勤していました。泰子さんはそのたびに学校が変わっていたので、友達がなかなかできなかったそうです。

ピアノのレッスンは福岡なので、高速バスで通っていました。そのため担任の先生が、そのときは掃除を免除してくれていたそうです。高速バスの中は、今と違って禁煙ではなかったので、タバコの臭いや煙で辛かったと言っていました。

高校から東京の音高に

泰子さんは中学三年生のとき、毎日新聞社主催の「第二十三回全日本学生音楽コンクール西部大会本選ピアノ部門中学生の部」で三位を受賞しました。

そのすばらしい成績に、中学を卒業するときピアノの先生から「桐朋女子高等学校音楽科を受験しないか」と言われたそうです。その先生の言葉で受験することにして、見事合格しました。

故郷福岡を離れて、学校の寮生活が始まりました。お陰で、今までできなかった友達が初めてできたと喜んでいました。

泰子さんは高校から順調に大学に進学し卒業しましたが、その後実家には帰らず東京に残りました。もちろん学生用の寮にはいられないので、国立《くにたち》の一軒家の四畳半の部屋を間借りして住んでいました。

その狭い部屋に、泰子さんは実家からグランドピアノを送ってもらったのですが、配達日になっても届きません。配送業者に問い合わせても、何やらごまかされて話になりませんでした。そこで父親が業者に問い合わせたところ、何と落として壊れてしまったらしいのです。その後何とか解決してもらって、無事に部屋にピアノが届きました。しかしなにせ四畳半ですから、置いたら部屋がいっぱいになってしまいました。泰子さんは仕方なく、そのピアノの下に布団を敷いて寝ていたそうです。

学校も卒業し、何もせずにボーッとしているわけにはいかないので、泰子さんは音楽教室の仕事に就き、ほかに個人レッスンも始めました。そのお弟子さんに、私の親戚のお嬢さん二人がいて、そのご縁で私とお見合いすることになったのでした。

家の建て替えで音楽ホールを

結婚してしばらくして、子どもが生まれ保育園に行かせるようになると、泰子さんにママ友ができ、その子どもたちがピアノを習いに来るようになりました。

そんな中、自宅が古くなったので建て替えることになり、私の高校の音楽部の先輩で建築士になられた方がいたため、その方を含め数社に設計をお願いしました。新しい家には、室内で演奏会ができるように小さなホールを作ってもらいたいと思い、それを相談すると、先輩は私たちの希望を取り入れてくれて一番親身になってくれました。また、彼もピアノを弾く人であったため、その点にも理解があり、私たちの新しい家は、この先輩に設計をお願いすることにしました。

ホールの天井は、元の家の折上格天井《おりあげごうてんじょう》を宮大工に頼んで外して保管してもらい、それを再利用しました。この古い家の面影が、音響にもとてもよかったです。また天井も高くしたかったのですが、二階があって上げられないので、私のアイディアでホール部分は下に一m下げてもらいました。

お陰で、小さいですが五十人程度が入れる、音響のいい室内ホールができました。そして、このホールに置くピアノをどうしようかと悩んでいたところ、タイミングよく知り合いの調律師から「素晴らしいグランドピアノがあるので、ぜひ見に来ませんか?」と勧められ、泰子さんはさっそく見に行きました。

弾かせてもらったら、音色も弾き心地もとてもいいピアノで、すごく気に入ったようで、即決には至らなかったものの、その後も何度か行って弾かせてもらいました。

「そのピアノを見に来られたほかの方が『誰かこのピアノを弾かれたんですか？以前より音が出るようになっていますね』とおっしゃっていましたよ」と、調律師が泰子さんに話したそうです。つまり彼女が気に入って弾きまくっていたというわけです。

このグランドピアノは、ピラミッド・マホガニーというワインカラーの木でできていて、新しい音楽ホールにピッタリの楽器だったこともあり、結局買うことにしました。

このピアノは、シャンソンバーのオーナーが、お店に入れるために特注で購入したスタインウェイだったのですが、そのお

店はすぐに廃業してしまい、楽器店が引き取ったため、ほとんど弾かれないままだったのです。

ここでも運命的なピアノとの出会いがあったのでした。

ミニコンサートを始める

一九八九年四月二十三日に、近所の方の触れ合いの場として自宅のホールで初めて、第一回コンセール・ドミのミニコンサートを開催しました。

長男は当時小学生、長女は保育園児でしたので、そのママ友や近所の方、そして私の友人に声をかけました。参加された方には連絡先をお聞きし、次回の案内も送りました。

休憩時間にはお菓子とコーヒーを出して、皆で楽しくお喋りをして、このミニコンサートは毎回とても人気がありました。泰子さんは、シュークリームを作るのが好きで、よく作って配っていました。なのでコンサートの日の冷蔵庫は、シュークリームだらけになっていました。

また、小学生や保育園児も多かったので、親子コンサートも行いました。

みんなで歌ったり、モーツァルト作曲といわれている「サイコロの音楽」では、二つのサイコロを振って出た目の合計で、用意されている表からその番号の一小節を選び、十六小節の曲を作ったりしました。できた曲は不思議と、そのときの雰囲気に合った曲になったのです。また、コマーシャルで使われている曲の曲名当てなどいろいろ工夫していました。

さらに泰子さんは、世界的チェリストの安田謙一郎さんとの共演、恩師の小川京子先生との連弾、友人の小島芳子さんによるフォルテピアノの演奏、私の従兄弟（父親の兄の息子）の小野正志さん小野正童さんによる邦楽の演奏なども企画しました。

5 恩師の会「パピヨン」の設立

リサイタルをする

泰子さんは、恩師のお弟子さんたちの会「パピヨンの会」作りに携わっていました。これは、定期的にお弟子さんたち何人かが演奏する会で、学校を卒業するとなかなか演奏する機会がないため作ったそうです。彼女は会の運営だけでなく、もちろんこちらでも積極的に演奏をして頑張っていました。

一九九二年六月十二日に、泰子さんはセシオン杉並で一回目のリサイタルをしました。曲目は、大好きなショパンとドビュッシーが中心でした。

これは、そのとき泰子さんの恩師、小川京子先生からいただいたメッセージです。

「いつのまにか、私が『桐朋』で教えた人たちが集まって『パピヨンの会』というのが生まれ、年に一度の顔合わせを楽しんでいる。一年という区切りが、それぞれの顔に明暗を与える中で、泰子さんは女性としていつも幸せに輝いているように私には思われる。音楽が好きなご主人に恵まれて、彼女のもつ明るく温かな人柄と驚くべきバイタリティによって幸せな『音楽生活』を築きあげ、持続しているところがすばらしい。独断的な云い方になるが、芸術作品は、そのほとんどが不幸な人生の代償として創造されている。敢えて云うなら、泰子さんのさらなる課題はこの光りと影の矛盾をとらえるところにあるのかも知れない。ピアノ音楽における最高の天才たちの作品による初めてのリサイタルに心から拍手を贈り、さらに前進をねがいつつ」

また泰子さんのメッセージは、次のようでした。

「ピアノを始めて三十年近くも経ってしまった。考えてみるといろいろな時期があり、ピアノが楽しかったときも辛かったと

きもあり、ピアノをしていなかったらほかのどんな人生があったのだろうと思ってみたりもする。

　幼い頃からちょっと変わった、変に気の強い子どもだったと思う。何もできないくせに、どんな人間が一番偉いのかしら?とボーッと空を見ているような子どもだった。でも、本を読んだり、絵を描いたり、お裁縫、手芸など、手先を使ったり、自分を表現することが好きだったので、ピアノもやはり好きだった。しかし本格的にやり始めてからはずいぶん大変だったと我ながら思う。

　今は主人と三人の子供との五人家族、主婦業のヘタな私だが、五声の音楽を奏でる

様に家族それぞれが自分の人生を奏で、そして家族としてハーモニーになってくれたら素敵だと思う。しかし毎日の生活の中では何だか少し不協和音のように私には聞こえる。

最後に、私をここまで大切に育ててくれた両親、先生方、そして人生のパートナーである主人、子どもたち、友人たちに心から感謝したい」

一九九六年七月七日にはルーテル市ヶ谷センターで、第二回のリサイタルをしました。曲目はやはり、大好きなショパンとドビュッシーが中心でした。

泰子さんの演奏活動

音大の先輩たちがやっていた桐'76に参加し、演奏会で弾かせてもらいました。我が家のミニコンサートでも一緒に演奏し、小学校のＰＴＡ活動でも演奏して大変好評でした。

また、地域活動のファロ二〇〇八 inこうえんじひがし「癒やしの音楽会」でも、私と泰子さんは、あらゆるところで演奏の機会をいただきました。

泰子さんは、夏休みを利用して、我が家でピアノのお弟子さんの合宿もしていて、ホールに貸し布団を敷いて雑魚寝したりもしていました。

自作オペレッタをしたこともありました。最初は、私が顧問をしていた城西学園の弦楽部が演奏を担当して、我が家のホールで演奏会をしました。

次は、二〇〇五年十二月十三日に「セロ弾きのゴーシュ」をしました。脚本も作曲もピアノのお弟子さんにさせていました。チェロは男の子のお弟子さんが弾くことになり、私が特訓をして教え、本番では一緒に弾きました。この演奏会は、新高円寺のスタジオSKで開催しました。とても印象に残る素晴らしい発表会となり大成功に終わりました。

子どもたちが小学校に入ったら、ピアノのお弟子さんがどんどん増えていきました。そのうち子どもたちの親からも「習いたい」と言われるようになり、シニアクラスを設けました。

勉強会と称して開催するときだけ、ホールのピアノで弾けるのをみんな楽しみにしていました。

泰子さんがだんだんピアノをうまく弾けなくなってきたので、二〇一〇年六月十三日第三十四回「シューマン・ショパン生誕二百年コンサート」を最後に、二十二年間にわたり開催してきたミニコンサートを終えることになりました。

泰子さんが自分で弾いて指導ができなくなり、徐々にお弟子さんが辞めていき、最後は一人になってしまいました。

そこで最後の発表会を、二〇一六年三月十九日に開きました。お弟子さんのお友達とその母親が聴きに来てくれました。そのとき演奏した曲の中に、バッハのプレリュードがあったので、私がチェロを弾いてバッハ／グノーの『アヴェ・マリア』を演奏しました。さらにお楽しみコーナーとして、みんなで「紙笛で合奏しよう」と、みんなで楽しく合奏しました。また「ウソをついてもわかる数当て」をして楽しんで

もらい、無事に終了することができました。

これが泰子さんの指導者としての最後となりました。

ピアノを好きになってもらいたい、音楽を好きになってもらいたい、という願いを込めて、最後まで本当に頑張っていたと思います。

泰子さんに大きな拍手を送りたいと思います。


こんな事件がありました。

新築中は、隣の中野区に引っ越していて一九八七年一月、新居が完成しました。四月になり、長男・保の小学校の入学式に行き、クラス発表の掲示板を見たのですが、そこに息子の名前がなかったのです。新築中に住んでいた中野区から杉並区へ戻ることは、事前に区には連絡していたのでしたが、手違いで外されてしまったようでした。その後無事に元々決まっていたクラスに入って一件落着……と思ったら、あきれたことに、受け取った体操着には女児用のブルマが入っていました。思わぬアクシデントが重なり、初めからかわいそうなことをしてしまいました。

一九九五年三月二十日、次男・啓の入学式前に、泰子さんは次男と二人で、泰子さんの友達の家に遊びに出かけました。ところが、東高円寺駅まで来たとき、お土産のお人形を忘れたことに気がついて、一度家に戻りました。そして東高円寺駅から地下鉄に乗ったのですが、何か様子がおかしかったと言います。しかし、それが何か二人はわからずに霞ケ関駅まで行ったのです。実は、家に戻らなかったら、サリンが撒かれた電車に乗っていたかもしれなかったのです。二人は難を逃れ、無事で一安心でした。

二〇一一年三月に泰子さんは、母親と次男・啓の三人で故郷九州へ旅行に行きました。福岡県や長崎県に行き、あちこち見学していました。すると十一日に地震の報道がありました。東日本大震災です。あまりにも被害が大きかったので、心配で私にスマホで連絡をしたのですが、なかなか連絡が取れませんでした。やっと連絡が取れ「我が家は大丈夫だった」と聞いたときは、心底安心したと言っていました。

Chapter 5
荒れていた時期と徘徊

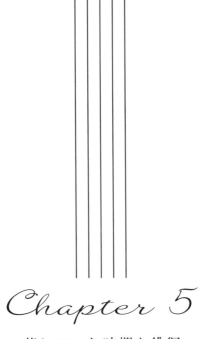

1

今まで問題なかったことが

最初は主治医の不用意な言葉から

二〇一六年八月一日、この日は泰子さんの認知症の定期検診の日なので、二人で一緒に出かけました。

始めに検査がありましたが、思ったより時間がかかり、一時間半後やっと面談をしました。主治医が泰子さんのいる前で、こうお話をされました。

「やはり進んでいますね」

泰子さんは衝撃を受け、動揺を隠しきれませんでした。

自分でできないことが増えているのは十分わかっていましたが、信頼していた先生に直接言われたことがショックだったようでした。

家に帰ってからもかなり落ち込んでいて、「何で私が認知症になるの、何か悪いことしたの」と、泰子さんは言ったのでした。

その後、非常に荒れてどうしようもありませんでした。

一緒に行くのを拒否しだす

今までは、私が出かける用事があると一緒に行ってくれたのでよかったのですが、こんなことがありました。定期検診の一週間ほど後のことです。

「数学教育協議会第六十四回全国研究大会」に私が出席するので、泰子さんと一緒に出かけました。

会場の千葉工業大学に着いて、すぐにおもちゃ箱（先生方が手作りした子どもたちが楽しめる教材を紹介するコーナー）で紹介する作品の準備をしました。午前九時半から十二時までの長丁場です。始まってしばらくたったら、泰子さんの様子がおかしくなり始めました。

「何もできないし、ただいるのは辛い」

とかなり激しく私に抗議をしたのです。今までこんなに強い口調で訴えたことがなかったので驚きました。

私はこの場を離れられないため悩んでいると、あることをひらめきました。会場のすぐ近くに、結婚のきっかけになった親戚がいるのを思い出したのです。電話をすると、運良くお家におられたので、会場まで迎えに来ていただき、泰子さんを連れていってもらいました。

私は担当のおもちゃ箱が終了した後、泰子さんを迎えに行きました。泰子さんがレッスンをしていた二人の娘さん家族も来てくれて、とても楽しかったそうです。本当にありがたく、助かりました。

数日後、今までどこでも一緒に行ってくれていたから大丈夫だと誤解していたことを反省し、「今度から一緒に行ってくれるかきちんと聞くね」と泰子さんに話をしました。何とかわかってくれてよかったです。でも本当にわかったかは疑問でした。それは、私の都合で説得していただけだったと思うからです。

ある日、寝ていた泰子さんが起きてきて「私、楽しくない」と言ってきました。一人で寂しいのだと思い、さっそくピアノの練習を見てあげました。すると引っかかっていたところも何とか音が取れて、さらに先まで弾いてくれました。

一緒にやることが大切なんだなと思いましたし、もちろんこれまでに練習をした成果も出てきたようです。明日も練習に付き合えば、もっと確実に弾けるようになってくれるかもしれないと思いました。

また、「折り紙教育を考える会第十回全国大会」に、泰子さんと一緒に参加しました。もちろん一緒に行ってくれるか確認をしたうえでのことです。大会の最後の方になると「ここにはピアノがないのでピアノが弾けない」と言って少し落ち込んでいましたが、交流会で楽しく食べて飲んでいるうちに明るくなりました。しかし、翌日も「ピアノが弾けなかった」と言って、泰子さんはまた私を責めていました。

泰子さんにとっては、ピアノを弾くことが何よりいい薬になるのだと思いました。

主治医を変えてショックから立ち直った？

泰子さんの通院しているクリニックの診察日だったので、私も一緒に行きました。一年前に主治医から、家の近くの病院の方がいいのではと言われていたこともあり、「近所の病院に移りたい」と話しました。先生も「その方がいいでしょう」と言うことで、紹介状を書いてもらうことになりました。泰子さんも喜んでいました。

泰子さんは、主治医から「認知症が進んでいる」と言われたショックがずっと残っており、先生を変えることにしたことで問題が解決したようです。この後からは落ち込むこともなく、楽しそうにピアノも弾いていて、しばらく休んでいたフィットネスクラブにも積極的に通いだしました。

ここにきて、この三週間が何だったのかと思えるほど、泰子さんは精神的にも落ち着いて笑顔が見られるようになりました。

ところが、しばらく経った九月四日のことです。泰子さんがキャベツを切っているときに「疲れてもうできない」と言い、「父さんが出してきて切るように言った」と怒りだしました。そして「もういやだ。私やらないから」と言ったのです。よく話を聞いていると、今日はちいたび会でピアノを弾く日だと思っていたようでした。「ピアノを弾くのは、今日ではなくまだ一週間先だよ」と話をしたら、やっと落ち着きました。ちょっとしたことで不安定になってしまうんですね。でも理由がわかったのでよかったです。

十月に入って、六日は病院に行く日だったので泰子さんと一緒に出かけました。病院に行く前に障害者手帳を取得するために福祉事務所に寄ったのですが、ここではなく保健所だというので、そちらに向かうことにしました。しかし泰子さんが、もらうのは嫌だと言い始め、仕方がないのでその日は保健所には行かずにそのまま病院に向かいました。

主治医の須佐先生には、来週から始まる泰子さんのアルバイトの件や、ピアノの練習のこと、さらには数の認識のドリルについて話しました。最後に、障害者手帳のことも相談したところ、先生は「もらえる物はもらった方がいいですよ」とおっしゃり、その一言で、泰子さんももらう方向に傾きました。ただ、初診から六か月経たないと診断書が書けないそうなので、それまでにしっかり考えて申請することにしました。

その後、泰子さんは仕事にも順調に行っていました。

私が通院している病院へ行く前日に、「仕事に出かける時間に病院から電話をするね」と話をしました。泰子さんは「時計を見ればわかるでしょう」と、何でそんなことを言うのか、と言わんばかりです。私は「時間はわかるかもしれないけど、いつ出るかはわからないでしょ」と言いました。すると「おばあちゃま（私の義理の祖母）が私のこと怖いと言っていたから、わからなくなってしまった」と言って怒り始めました。そこで「もし行く時間がわからなくなったら、時間に遅れるといけないから電話するのだよ」と話しました。多分、自分が責められていると思ったのでしょう。よく話をしたら、やっとわかってくれました。

一晩一人で留守番ができた

十一月に入ると、字を書く練習がうまくできず、泰子さんはかなり凹んでいました。グループホームなごみ方南で働き始めて、ちょうど一か月を迎えました。最近は一週間フルで仕事をできるときもあり、明るく元気で順調に行っているように見えました。

しかしそれから三、四日して仕事から帰ってきた泰子さんは、落ち込んでいました。話を聞いてみると、担当の方から「名前を覚えてください」と言われたそうです。泰子さんは「そんなこと言われても、字が書けない」と言うのです。

そこで私が「担当の方に、食事のときの座席表を作ってもらえばいいよ」と言うと、落ち着いたようで明るく元気になりました。その後、顔写真付きの座席表を作ってくださり解決しました。

私が午後から出かけるため、帰りが遅くなることを話した日には「一人でやることないし寂しい」と強い口調でなじりました。そんなふうに言われたら、これからも私はどこにも出かけることができなくなってしまいます。そこで長男夫婦に面倒を見てもらうように頼みました。長男夫婦は二つ返事で引き受けてくれ、私はとても助かりました。やはり家族の援助は大切だと思いました。

ある日泰子さんは、一人で字を書く練習をしていました。すると、疲れて寝ていた私のところにやってきて、「もういやだ。字なんて書かない。仕事も辞める」と言いだし、「字が書けないので名前が覚えられない。父さんが見ていてくれない」と怒っていました。

私は「ピアノなら音が聞こえるから間違って弾いていたりすれば教えに行けるけど、字を書くことや数を数えるときはわからないので、来てみてほしいときは直接言ってほしい」と言いました。これで泰子さんはやっと納得してくれました。

十二月十六日は私が手の手術をする日でした。前日に泰子さんに「明日、一人になるけど大丈夫?」とたずねると、「大丈夫だから心配しないで」と言って、逆に励ましてくれました。

私が手術した日の夜は、泰子さんは一晩一人で過ごしましたが、留守番できたので自信がついたようです。

この頃、泰子さんは「前のように字が書けるようになりたい」と言っていました。少しずつですが、今までできなかったことができるようになってきています。字もまずなぞって書いていくことで、書き方を思い出していくのではないかと話しました。

一人だと寂しいから一緒にいてほしい

角田先生の奥様のピアノ発表会で、私がオーケストラを手伝ったことがありました。後日そのときの写真と共に、コンチェルトを弾いた方からメッセージが届いていたので、それを見ていたときのことです。

「昔、父さんが角田先生のところに行って帰ってこなかった」と泰子さんが急に怒りだしました。

「私は福岡から一人で出てきたけど、何のために結婚したかわからない。角田先生のところには行かないでほしい。字が書けなくてなぞって書いていても、自分の字ではなくて情けなくなってしまう」と言い始めました。

翌日になっても、朝から同じことを言っていました。そして「うちに帰ってもやることがないから、一人だと寂しい。だから一緒にいてほしい」と悲しそうに話すのです。

気分転換にと思い散歩に連れていったのですが、その後も角田先生のところに

Chapter 5

荒れていた時期と徘徊

行っていたことを繰り返し言っていました。帰宅したら、とりあえず泰子さんは落ち着きました。

字に関しては確かにそうだな、と私も思いました。泰子さんは、元々字を書くのが得意だったからなおさらです。

次の日、泰子さんが美容院に行っている間に、私は家でチェロの練習をしていました。泰子さんが帰ってくるまでには練習を終えるつもりでしたが、その前に帰ってきて、チェロを聞いて思い出したのか、なぜかまた角田先生のところに行ったことについて言い始めたのでした。

翌年四月にチェロの発表会があり、八月には「パブリート発足五十周年記念コンサート」があるので、私はレッスンだけでなく、合奏練習、さらに記念コンサートの企画についての話し合いが角田先生のお宅などであり、出かけることが多かったのです。泰子さんには、寂しさと見捨てられるのではないかという不安があったのかもしれません。

昔、レッスン後に先生と一緒に飲みに行き、酔っ払って電車で寝てしまって高尾まで行ったことが何度かありました。そのたびに泰子さんは心配して寝ないで待っていたので、きっとそのときのことを思い出し、寂しかったのかもしれません。

過呼吸により荒れ始める

二〇一七年一月二日。

萌木の村（八ヶ岳南麓清里高原の複合観光施設）に行ったときのことです。

その中のオルゴール博物館に行くと、泰子さんが突然「家がいい、帰りたい」と言い始めました。少し過呼吸気味でしたが、ゆっくり浅く呼吸をしたり話をしたりしたら、明るくなって何とか元気になりました。オルゴール博物館は、本当は泰子さんが大好きな場所なのです。

帰宅すると年賀状が届いており、角田先生からの賀状を見ていたら、また過呼吸気味になりました。

次の日、「父さんがピアノの伴奏ができなくなったことを言ってくれなかったから、ピアノが弾けなくなった」と言いました。そして「病院へ行きたい」と言うので予約の変更をお願いし、次の日に変更しました。

「弾けなくなったのは、この二、三年なんだよ。それまではバリバリ弾いていたし、リサイタルも二度しているんだよ」と、私が言うと落ち着きました。

あるときは「父さんが角田先生のところに黙って行って、なかなか帰ってこなかったからこんなことになってしまった」と、泰子さんは再び言いました。

「でも、それは子どもが生まれるまでの二年間で、その後はそんなことなかったでしょ」と私が言ったら、少し納得していました。

ある日は、三川家の新年会をするので出かけたところ、電車の中で過呼吸気味になりました。電車を降りて、コンビニで飴を買って食べたら、すぐに治りました。これからは、飴をなめれば治るということがわかり、とても助かりました。

九日後にまた「病院に行きたい」と言うので、近所のクリニックに行きました。心電図などで調べてもらいましたが、特に問題ないとのことでした。精神的なものということで、精神安定剤を十日分出してくださいました。

ちいたび会の交流会に参加したときのことです。調子よく楽しんでいましたが、本人組で楽しんでいるときに突然過呼吸になり、看護師が診てくださいました。私が様子を見に行ったときには、もう落ち着いていました。その後の懇親会で、就労をしたいという方と私が話をしていたとき、その方に職場のことで気になっていることを話していると、泰子さんが興奮してまた過呼吸気味になってしまいました。落ち着かせて何とか治まりました。

朝ドラを見ていたときも、急に呼吸が少し荒くなり、「ピアノが弾けなくなった」と泣き始めました。しばらくして泰子さんが「過呼吸で弾けなかっただけで、ずーっと弾けなかったわけではないんだね」と自ら言って落ち着きました。

この頃は仕事先ではいつも過呼吸気味だったようです。

就労が休みの日に泰子さんが昼寝をしていたら、ピアノが弾けない夢を見たそうです。

次の日は昼から仕事に行ったのですが、過呼吸が出て途中で家に帰ってきました。そして「無理やり行かされた」と言っていました。もちろんそんなことはなく、以前も今日も、行くかどうか何回も本人に確認していました。

二日後の朝、過呼吸で少し横になっていました。その後髪を染めに行くと、「過呼吸の症状が出ると大変なので、ご家族の方と一緒に来てください」と言われて帰ってきました。私も仕事があってずっとついていることはできないので、泰子さんの髪は私が家で染めることにしました。

このところ、落ち着いていたり突然過呼吸になったりと、精神的に不安定なようです。

事業所から電話があり、「自転車通勤の途中で車に接触したらしいのですが、どちらも特に怪我はないものの、相手の車が少し凹んだようです」と言われました。職場に着いてから少し過呼吸になったそうですが、今は大丈夫で仕事をしているということでした。泰子さんは歩道をゆっくり自転車で走っていたのですから、車の方がぶつけたのではないかと私は思いましたが、本当のところはわかりません。

「自分の字が書きたい。そして以前書いていた日記をなぞりたい」と泰子さんが言うので、拡大コピーをしてあげたことがありました。「書けないときは、脳の命令が手に伝わっていないのだからすぐにやめて、別のことをした方がいい」と私は言いましたが、泰子さんは頑張ってなぞって書いていました。

夜中の二時頃、過呼吸になりました。仕方がないので、精神安定剤一錠を飲むと治ったのですが、しばらくしてまた過呼吸になってしまいました。ようやく治まって寝始めたのが三時半頃で、私はすっかり目が覚めてしまい、そこから朝まで起きていました。

私、死にたい

別の日の夜中三時半頃、泰子さんがトイレに行きました。私はうとうとしていて四時に目が覚めると、まだ泰子さんが戻っていません。驚いて飛び起き、トイレを見に行きましたがいません。辺りを見回すと、彼女の部屋に電気がついているのに気づき、慌てて見に行きました。すると、そこで泰子さんはボーッとしていました。「こんな格好で起きていたら風邪をひくから寝よう」と私は声をかけましたが、一向に寝る気配がありません。そして目に涙を浮かべながら「私、死にたい」と、泰子さんは言ったのでした。私は愕然としました。一生懸命気持ちを落ち着かせるように、私がいるから心配しなくていいと話しました。そしてすぐに精神安定剤を持ってきて飲ませました。しばらく泣いていましたが、薬が効いてきたのか、落ち着いてくれました。寝られそうになかったのでそのまま起こし、すぐにあたたかい服に着替えさせました。

その日、彼女が仕事から帰ってからは、とても元気で明るくなり、今朝のことが嘘のようでした。

しかしその数日後、「みんなに迷惑をかけたくないし、何もできないから、これ以上生きていても辛いだけだ。死んでしまえば解放される」と泰子さんはまた言いだしました。しばらく話をしてやっと落ち着きました。

死にたいと言ったのは、これで二度目です。

なぜか、この後からは過呼吸はしばらく出ませんでした。

ですが、昔のことを言って興奮して怒り始めるのは収まりませんでした。私はまずはそれを受けとめてから、じっくり話をしました。そのうちにやっと落ち着きました。

認知症発症から六年、この頃は泰子さんを少しでもかまってあげないと不安になるようで、調子が悪くなっていました。そして、昔辛かったことを強く言っていました。

やはり情緒不安定で、一日の中でも調子が良かったり悪かったりしていました。

私の演奏会出演拒否

私がチェロ合奏のゲネプロ（最終リハーサル）に行こうとしたら、泰子さんがすっかり怒って、行くことを拒否されてしまいました。毎日きちんと演奏会のことを話していたのですが「聞いていなかった」と言われてしまい、仕方なく私はゲネプロを休むことにしました。そして、ついには「明日の発表会も出ないでほしい」とも言われてしまいました。

翌日はパブリートの発表会でした。泰子さんの精神状態が悪く、行けそうになかったのですが、散歩中に泰子さんが「私は行かないけど、みんなに迷惑をかけるから行ってください」と言いました。

「母さんを置いていくわけにはいかない」と私は返しましたが、とりあえず長男に、もし私だけ行くことになったら、面倒を見てもらうようにお願いをしました。帰ってから、かかりつけ医からもらっていた精神安定剤を飲ませました。

翌日、泰子さんはだいぶ落ち着き「私も一緒に行くから」と言ってくれたので、会場に行くことにしました。

しかし、電車の中で過呼吸気味になり、また、泣いてもいました。駅の売店でマスクと飴を買い与えると落ち着いてくれたので、そのまま会場へと向かいました。

泰子さんは、会場で合奏のリハーサルを聴いていましたが、「私ここで何もやることがないし、いるのは辛いから、やはり来ない方がよかった」と言い始めました。

このままではまた過呼吸の症状が出るかもしれないと思った私は、合奏練習が終わって角田先生に「私の出番を一番最初にしてもらえないか」とお願いしました。しかし、最初の方はこの日、本番を掛け持ちしていて、どうしても最初の出番でないと次の本番に間に合わないため、無理だということでした。もうこれ以上、泰子さんをここにはいさせられないと思ったので、私は演奏を諦めてすぐに帰ることにしました。

帰る途中、みるみるうちに泰子さんの状態が良くなっていきました。彼女に辛い思いをさせていたんだと強く思いました。

家に着く直前に、長男夫婦に会いました。

「来週予定していたお墓参りだけど、母さんが大丈夫なら今から行かないか」と提案がありました。泰子さんも元気になっていましたし、気分転換になると思い、行くことにしました。

角田先生にチェロのレッスンを受けて、五十年の集大成として臨んだ今回の発表会でしたが、結局弾くことができませんでした。とても残念でした。

泰子さんのことを考えてチェロのレッスンをやめることに

泰子さんは私がチェロのレッスンや合奏練習に行くことを拒否していて、それにより精神的に不安定になってしまうのは明らかだったので、もうこれ以上レッスンに行くのは無理だと思いました。

八月二十日のパブリートの五十周年記念コンサートだけは、何とか成功させたいと思っていました。特にヴィラ＝ロボスの曲は私が強引にプログラムに入れたので、何としても泰子さんを説得して、その練習だけでも行かせてもらえるようにしたいと思いましたが、結局諦めざるを得ませんでした。

ということで、先生を始めパブリートの皆さんには大変な迷惑をかけてしまいましたが、一方で泰子さんは私がチェロのレッスンをやめたらすっかり元気になりました。やはり原因はこのことだったのでした。

泰子さんは、何か吹っ切れた感じでした。

その後は荒れることもなく普通の穏やかな日常が戻ってきました。仕事先でも、最初の頃のように意欲的だったそうです。

むしろ、「人に迷惑かけないで済むように、自分でできるように教えてほしい」

と言って、さらに積極的に頑張るようになりました。

2 迷子や徘徊への対応

迷子にならないためのポシェット

二人で出かけて私が公衆トイレに入るときは、泰子さんに外で待っているように言うのですが、出てくるといなくなっていることがたびたびありました。

そんなとき役に立ったのが、iPhone の「探す」という機能です。これで、携帯の位置情報からいる場所がわかり、何度も助けられました。また、いなくなっても探すことができると思うと、安心できました。

泰子さんは一人になると心配になり、私の言ったことを忘れて探し回るのです。

しかし、iPhone を持っていないと、この機能も何の役にも立ちません。そこで、ポシェットをネット通販で購入しました。泰子さんが好きなピンクの可愛らしいものを選んだのでとても喜んでくれて、そこにスマホを入れていつもぶら下げてくれました。

また、それ以外にもトイレを探せるアプリを使って、障害者用トイレを探して入るようにしました。そうすれば、私がトイレに入るときだけでなく、泰子さんがトイレに行くときも、一緒に入れるので便利です。

反対方向の電車に乗った事件　その1

二〇一六年六月十日。

泰子さんはピアノの友人たちと新宿でランチをするために、一人で出かけました。すると間違えて反対方向の電車に乗ってしまったらしく、荻窪まで行って帰ってきました。友人にすぐに連絡をして、これから向かって十分くらいで着くと思うので待っていてほしいと伝えました。駅まで一緒に行って新宿行きに乗るところまで見て、私は帰りました。

これで一安心かと思ったら、しばらくして泰子さんの友人から電話があり、まだ来ていないと言われました。私は心配になって位置情報を確認しました。すると丸ノ内線の方南町駅にいると表示されました。地下鉄なので位置情報がうまくつかめないようですが、とりあえず行ってみました。

方南町駅に着いて駅のホームを探しましたがやはりいないので、もう一度友人に電話をしました。すると待ち合わせの新宿で会えた、とのことで私はようやく安堵しました。

何があったのかと聞くと、改札をＩＣカードで通ろうとしたがうまく通れず、仕方がないのでお金を出して出たそうです。

泰子さんが迷子になったかと思って心配していましたが、そういうことではなくて、無事に一人で新宿まで行けたようでよかったです。

反対方向の電車に乗った事件　その2

二〇一七年三月四日。

泰子さんは翌日また、ピアノの友人たちと新宿でランチをする予定でした。前回のことがあるので、行き方を確かめるために二人で新宿の待ち合わせ場所に行きました。心配なのはＩＣカードをきちんとかざせるかと、帰りに乗る方向を間違えないで電車に乗れるかです。

当日家を出る時間になったので、泰子さんを東高円寺駅まで送って行きました。

しかし、新宿に着くはずの時間なのにまだ着いていないと、友人から電話がありました。すぐに泰子さんのスマホに電話をすると出てくれて、どうやら西口ではなく東口に出てしまったとわかりました。近くのお店の方でしょうか、困っている泰子さんを見かねて代わりに電話に出てくださり、西口まで連れていってくださいました。そして無事に友人たちと会え、友人も私も泰子さんもホッとしたのでした。

泰子さんたちはランチを終えて帰ることになったのですが、先に行った泰子さんは、逆方向の電車に乗ってしまったとのことでした。

すぐに位置を確認すると、霞ケ関駅から動いていないことがわかりました。さっそく電話をしました。駅員さんが出てくれたので「東高円寺駅まで迎えに行くので電車に乗せてください」と話しました。もう時間も遅くなっていたので、私は着く時間に合わせて東高円寺駅で待っていました。しかしいつまで経っても帰ってきません。

再度位置の確認をしたら、赤坂見附から動いていなかったので、また電話をしました。

今度は交番の警察官が電話に出て、交番で保護しているというので、地下鉄まで戻って東高円寺駅に行く電車に乗せてもらうように話をしました。しかし、一向に動かないようなので再度電話をすると、また交番の方が出ました。このままでは無理だと思い、これから迎えに行くと話しました。

交番で必要な書類を書いて、二人で帰ってきました。どうも元々反対方向に行く癖があるようなのですが、今回もそれが出て、そして途中で不安になり、降りてしまったようです。

取りあえず無事に帰ってきて、過呼吸も出なかったのでよかったです。

初めての徘徊

二〇一八年二月二十五日。

私は、一人で整体に行くために午前八時十五分頃出かけました。十二時頃家に帰ったら、泰子さんがいませんでした。どんな状態で出かけたのか家の中を見ると、コートも着ないで家にいたときの軽装のまま出たようでした。急いで自転車に乗り、泰子さんが行きそうなところを探しましたが、見当たりません。

一度家に戻り、泰子さんが帰ってきていないことを確認してから近所の交番に届けました。すぐに子どもたちにも連絡をすると、さっそくこちらに向かってくれました。

次に私は、捜索願を出すために、自転車で杉並警察署に行きました。

長女・泉と次男・啓は、二手に分かれて近所を探しに行ってくれました。私も別の場所を探しながら帰りました。

午後六時頃になっても、まだ何も情報がありませんでした。子どもたちは、タクシー会社や近くの駅にも連絡して、情報があったら提供してもらえるようにお願いしてくれました。

「注文をまちがえる料理店」実行委員長の和田さんが、発案者の小国士朗さんに連絡してくれてFacebookで協力の要請を出し、拡散してくださいました。

午後十時頃、練馬警察署から電話が入り、無事保護しているとのことで一安心しました。息子たちと一緒に迎えに行きました。

元気そうな顔を見て、ホッとしました。通りかかった方が、泰子さんが電柱に話しかけているのを見て、交番に連れていってくださったそうです。

家に帰ったのは、夜の十一時を過ぎていました。

Chapter 5

荒れていた時期と徘徊

二度目の徘徊

初めての徘徊から三日後のことです。

私は少し疲れていたので、昼寝をしていました。一時間ほどして起きたら、泰子さんがいません。二度目の徘徊です。

慌てて自転車に乗り、周辺を探しましたが、いなかったのですぐに交番に届けました。

その後、長男の嫁の紋加が来てくれました。私は杉並警察署に届けを出しに行きました。次男の啓も会社帰りに寄ってくれました。

捜索は警察に任せて、その連絡が来るまでただ待っていても仕方がないので、今後の対策についてみんなで話し合いました。「どうしたら一人で外に出られないようにするか」「鍵を掛けていても出てしまわないようにするにはどうすればいいか」「いつもGPSで確認できるようにするにはどうすればいいか」をポイントに話し合いました。「もう一つ高いところに鍵を付ける」「ドアチェーンを付ける」「家にいるときは現在付けているホームセキュリティをする」「GPSを内蔵する靴はどうか」などの意見が出ました。

その結果、泰子さんが勝手に出られないようにするため、玄関にはドアチューンを付けることにしました。また、家にいるときは今まで通りホームセキュリティをオンにして玄関を開けると非常音が鳴るようにしました。泰子さんが勝手に出ようとすると大きな音がするのですぐにわかります。

さらにGPSを内蔵する靴を買うことにしました。

間もなく日にちが変わろうとしているのに、いまだに連絡がありません。とりあえず、子どもたちは各々の家に帰りました。

朝になり、外は雨も激しくなりました。しかし何の連絡もありません。私は心配で夕べはほとんど食事をしていなかったので、朝食にレトルトのカレーを食べました。

しばらくすると長男の嫁が来てくれました。

そして午前十時頃に目白署から電話があり、名前も住所もわからないが、特徴が似ているので来てほしいと言われました。発見されたときは脱水症状と低体温症だったので、病院でレントゲン撮影や点滴をしたそうです。特に問題がないので、今は目白署で保護しているとのことでした。

さっそく長男の嫁と一緒にタクシーに乗って、目白署に行きました。

前回と同様暗い顔ではなく、明るくニコニコして元気そうでした。雨で全身びしょ濡れだったので、病院の服を着ていました。家から持ってきた服に着替えさせると、前回もそうでしたが、今回も体が右に傾いていました。

その後、病院に行って会計を済ませ、自宅に帰りました。病院からは、今後のために着ているものすべてに名前を書くように言われました。

私一人で対応するのではなく、家族のみんなが一緒に考え対応してくれたお陰で、泰子さんは無事でした。

GPS内蔵の靴

iPhone は移動状況が見えるので便利です。しかしスマホ自体を持っていなければ意味がありません。そこでGPS内蔵の靴を通販で購入することにしました。GPSの端末が左の靴底に埋め込まれています。

後日靴が届くと、さっそく充電をしました。問題は、いつもその靴を履いてくれるかどうかです。この靴は泰子さんの大好きなピンク色で、とても喜んでくれたので、気に入っていつも履いてくれました。

この靴を導入してからは、「一人で行きたい」と言えば行かせて、家から出るのを無理に止めないようにしました。

その後、試しにスマホで位置確認をしました。しかし、本当に離れたところへ一人で行っても正確に場所がわかるのかどうかは、まだ定かではありませんでした。

数日後、二人で蚕糸の森公園へ行くウォーキングコースに、この靴を履いて出かけました。私が大通り沿いのトイレに入って出ると、泰子さんはまたどこかに行ってしまっていました。靴の場所を探してみると、東高円寺駅の方に行っていることがわかり、すぐに会うことができました。

ひょんなことで、実験ができたというわけです。

一人で散歩し西新宿まで行った事件

一人で散歩に行きたいと言って出かけて、三十分ほどして帰ってきました。次の日も一人で散歩に行きたいと言って、出かけて行きました。今回も三十分ほどして帰ってきました。

泰子さんの体が右に傾いていたので、私が腰を指圧してあげました。体が傾くのは認知症の症状の表れのようです。

三回目、今日も一人で散歩に行きましたが、問題なく帰ってきました。

数日後の七月一日にも、泰子さんは一人で散歩に行きました。GPSで確認をすると、東高円寺駅付近にいました。しばらくしてまた確認すると、今度は隣の新中野駅の方に移動していました。

帽子は被っていましたが、この日はものすごい暑さで熱中症が心配になり、場所を確認しながら迎えに行くことにしました。

すでに新中野駅近くだったので、追いつかないと思い、私は地下鉄に乗って新中野駅まで行きました。そこで確認すると泰子さんは次の中野坂上駅の方に行っていました。私は急いで歩いて向かいました。

中野坂上駅まで行ったら、もう次の西新宿駅の方に進んでいました。仕方がないのでまた地下鉄に乗り、先回りして西新宿駅まで行きました。そこから逆に、中野坂上駅に向かって歩くとすぐに、無事見つけることができました。

泰子さんは、ビックリして「ごめんね」と謝っていましたが、疲れた様子もなく、うれしそうにニコニコしていました。西新宿駅まで歩き、地下鉄で家に帰りました。

離れた母の家まで

泰子さんの母親の家に行った帰りのことです。

電車に乗ると、運悪く二つ並んで空いている席がなかったので、向かいの席に分かれて座りました。私はこのとき疲れていてウトウトと寝てしまい、ハッと目が覚めて泰子さんの方を見ると、その席にいません。周りを見てもいないので、慌てて電車を降りました。

まずiPhoneで、どこにいるかを確かめようとしました。すると、このホームに泰子さんの姿が見えたのです。安心した私は小躍りしてさっそく迎えに行きました。無事に会えると泰子さんもうれしそうにしていました。

偶然にも同じ駅で気づくことができたので、本当にホッとしました。

また別の日に、泰子さんは母親の家まで一人で行くと言いだしました。遠いから無理だと言ったのですが、「歩いて行けるから大丈夫」と言って聞きません。そこでいつもの手で「じゃあ頑張って行ってらっしゃい」と言って行かせ、GPSで見守ることにしました。

泰子さんは青梅街道を越えることはなく、いつもの散歩コースの辺りをうろうろしていました。四、五十分ぐらいしたら帰ってきて、母の家に行くことは忘れたのかケロッとしていました。うまくいきました。

東高円寺駅で先に改札に入った事件

パブリートの発表会を聴きに二人で出かけました。東高円寺駅に着くと私がトイレに行きたくなり、泰子さんに声をかけて改札の外にあるトイレに入りました。戻ってくると、泰子さんがいません。近くを探しても見当たりません。

ＧＰＳで位置を確かめると、何と電車の中でした。一人で改札を通り、電車に乗っていたのでした。

すぐに次の電車に乗り、終点の荻窪駅で降りたところで捕まえようと思いました。私が荻窪駅に着いたら、泰子さんが乗っていた電車は折り返して出てしまっていました。駅構内を見ましたがいません。泰子さんは降りないでそのまま電車に乗っていったようです。私も折り返しの電車に乗り、引き返しました。

もしかして泰子さんは、東高円寺駅で降りているかもしれないと思い、私は降りました。

しかし、泰子さんは東高円寺駅では降りずに、さらに先に行っていました。乗っている電車はわかっているので、駅員に声をかけて次の駅の駅員に連絡をしてもらい、泰子さんを降ろしてもらうように話しました。

駅員は先の駅に連絡をし、私が指定した車両を探してくれました。しかし、その車両にいなかったらしく、ほかの車両は確認してくれませんでした。泰子さんは別の車両に乗っていたようで、周辺の車両をしらみつぶしに探してもらう必要がありました。しかし、一つの駅で一車両しか確認してもらえず、先の駅までそれを何度か繰り返し連絡し、やっと銀座駅で確保してくれました。

私はすぐに銀座駅に行きました。

泰子さんは元気なままで私を待っていて、ニコニコしてうれしそうに迎えてくれました。

大宮駅のトイレ事件

次男の家に行くために、大宮駅に着きました。ここで、いつものごとく私がトイレに行きたくなりました。すぐ近くに障害者用トイレがなかったので、仕方なく泰子さんを一人で待たせて入ることにし、入り口で待っているようによく言いました。しかし用をたして戻ったらいませんでした。

すぐに出口の方を探したのですが、見当たりません。ホームの方も見たのですが、やはり見当たりませんでした。GPSで調べても駅構内にいることはわかるのですが、駅は道と違っていくつもの階層になっているので、どこの階にいるかまではわかりません。しかもここは大宮駅、階も多くてなおさら探すのは困難でした。

次男に電話して、駅まで来てもらうように話しました。駅員にも話をしましたが、ただ構内アナウンスをしてくれただけでした。

しばらく一人で探していると、次男の嫁が来てくれて、ホームを再度見てくれました。

私がもう一度GPSで確認すると、どうやら改札から外に出たようなので、私たちも後を追いました。

靴のGPSは情報を更新した瞬間の地点しかわからないので、動いている様子が追える iPhone の「探す」を使うことにしました。すぐ近くにいるようなので、見ながら探していたら、道の反対側を歩いているのが見えました。こうしてようやく見つけることができ、嫁と一緒に次男の家に行くことができました。

GPSで確認し、場合によっては迎えに行くことにした結果、これを最後に迷子や徘徊はなくなりました。

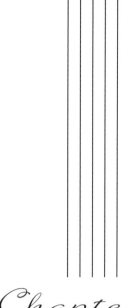

Chapter 6

注文をまちがえる料理店とテレビ出演

1

注文をまちがえる料理店

間違えることを楽しむ不思議なレストラン

二〇一七年四月十二日。

泰子さんは、突然大起エンゼルヘルプの方に連れられて、「注文をまちがえる料理店」の打ち合わせに同席しました。

そしてその後日、今度は私が泰子さんの就労会議に参加した際に、事業所の方から「注文をまちがえる料理店」に泰子さんが参加することを目標にしたいと打ち明けられました。

この「注文をまちがえる料理店」は、期間限定で開催する不思議なレストランで、認知症の人たちがホール係をするのです。ですから、ひょっとすると注文を間違えることもあるかもしれません。でも、たとえ間違えたとしても、それを受け入れて、間違えることを一緒に楽しむ、そんなコンセプトのあたたかいレストランなのです。

彼女の職場のマネージャーさんから「注文をまちがえる料理店にホール係として働きませんか？　間違えても大丈夫です。そういうコンセプトですから、やってみませんか」と話がありました。

泰子さんは、少しでも役に立ちたいとのことで「やってみたい」と返事をしました。でもしばらくしたら「ウエイトレスなんてやったことないし、お皿を落として割ったらどうしよう」と弱腰になってしまいました。「気にしなくていいんだってよ。落としても大丈夫だって。私も一緒にいるから心配しなくていいよ」と言っても、やはり心配は尽きませんでした。

「間違えちゃったら許してね」がコンセプト

五月十八日に「注文をまちがえる料理店」の打ち合わせがあり、二人で出かけました。料理担当・宣伝担当・クラウドファンディング担当・福祉サポート担当など様々な分野の方々が、お見えになっていました。

六月三～四日に模擬営業を行い、九月に本番とのことでした。

その中で間違えることを期待してくるお客さんがいるかもしれないので「あえて間違える必要があるのか」について議論になり、発案者の小国さんから「この『注文をまちがえる料理店』についてどう思われますか？」と質問されました。私は

「『間違えちゃうかもしれないけど許してね』っていうコンセプトは、とてもいいと思うんです。でも妻にとって、間違えるということは、とても辛いことでもあります」と話しました。また泰子さんも、「間違えたら恥ずかしいわ」と自分の意見をきちんと言ってくれました。

これによって、お店の方針は「わざと間違えるようなことは絶対にやめて、間違えないように最善を尽くしながらも、でも間違えちゃったら許してね」という方向に決まりました。

また、その日打ち合わせをした場所は当日のお店でもありました。そこには何とピアノが置いてあったのです。私は「これはしめた」と思いました。

そしてこの挑戦が、私たちのターニングポイントになったのです。

料理店でピアノを弾くことになり特訓し始める

帰宅後、泰子さんに「ピアノがあったけど弾きたい？」と言ったら、うれしそうに「ぜひやりたい」と言いました。

さっそく連絡をして「注文をまちがえる料理店で、泰子さんがピアノを弾くのは

Chapter 6

注文をまちがえる料理店とテレビ出演

どうですか」と話をしたら、それはとてもいいとの返事でした。実はピアノを弾いたら、という話は以前にも出ていたそうです。ということで、「注文をまちがえる料理店」で、『アヴェ・マリア』を弾かせてもらえることになりました。

しかし、このとき「注文をまちがえる料理店」のプレオープンまでたった三日しかありませんでした。それなのに、まだ最後まで弾けていません。

それから猛練習が始まりました。

泰子さんは、起きてすぐピアノの練習を始めました。私は大学での講義の準備があったのでそれを先に終わらせて、ピアノを見てあげました。そして私のチェロと合わせました。

いつも引っかかっていた場所が、今日は問題なく通過できていました。二人で合わせたので、泰子さんはとても喜んでいました。

翌日もピアノの練習を見て、私のチェロと合わせました。やはり合わせるのは楽しいようです。

明日がプレオープンなので、二人で会場に下見に行き、本番用のピアノを使って二人で練習をしました。

「響きもいいね。ピアノは弾きやすい？」と聞くと「うん、弾きやすいわ」と泰子さん。音響もよく、チェロも弾きやすくてよかったです。

料理担当の方が明日出される料理を少し試食させてくださったのですが、さすがプロ、とても美味しかったです。

こうして期待と不安を抱えて、プレオープンを迎えることになりました。

「注文をまちがえる料理店」プレオープン

いよいよプレオープンの日です。

事前に申し込んだお客さんが次々とやってきました。

私たちが控え室のある二階に行くと、すでに今日のホール係の認知症の方が待機していました。

開店時間の少し前に、やることの確認をしました。私の提案で、注文を取るときは注文カードにお客様ご自身で書いてもらうことになっていました。

さっそくお仕事です。

「ではこのランチョンマットを、テーブルに配ってもらっていいですか？」とスタッフに言われましたが、泰子さんはどうしたらいいかわからず戸惑っている様子です。形状認識能力が落ちてきていたので、どこにどう置いたらいいかわからなかったのです。聞こうにも皆さん忙しくて聞けないでいました。

泰子さんがとても緊張している様子だったので、

「三川さん、ピアノも弾くから緊張してる？　間違ってもいいんだから大丈夫ですよ」と泰子さんを気にかけて、スタッフの皆さんが声をかけてくれました。

しかし、泰子さんは「ピアノは大丈夫。心配はそっちじゃないの」と言います。

泰子さんは、ピアノを弾くのはお手の物

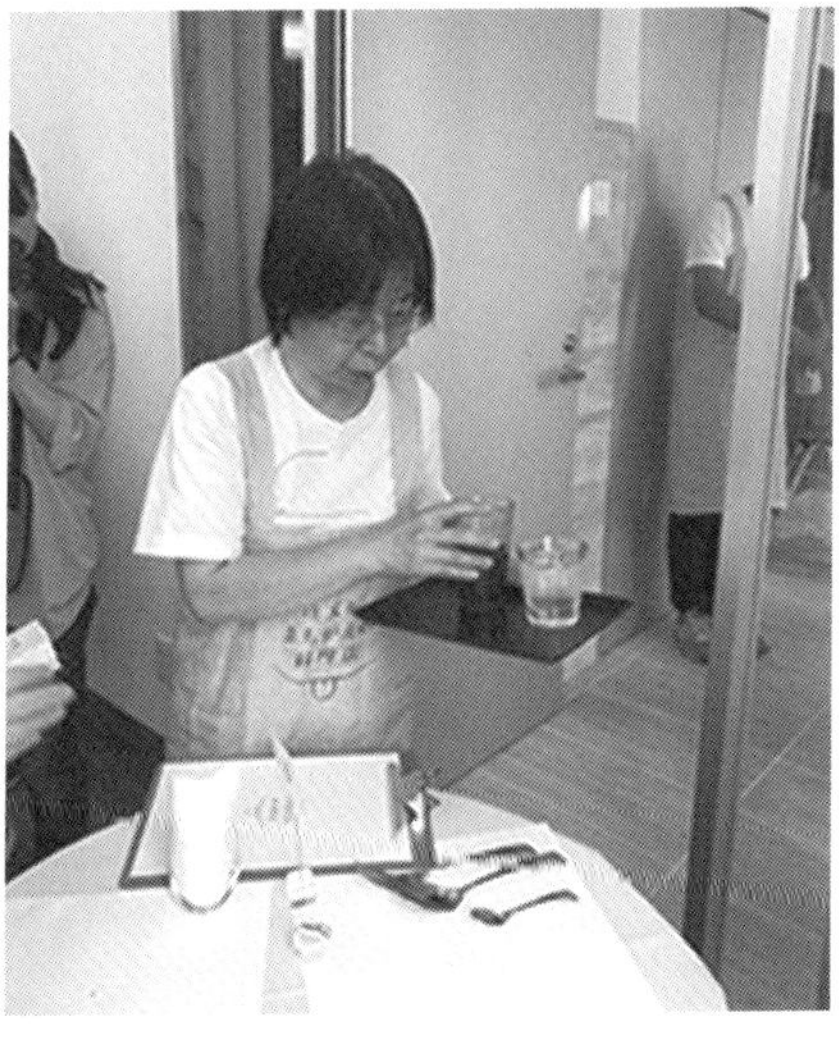

ですから、緊張することはないのです。やはり、ホール係をすることに緊張していたのでした。

実際、お客様に料理を持っていこうとしても「あれどこだったっけ？」といった具合で、戸惑っています。間違ってもいいと言われても、間違えたら恥ずかしいという気持ちはあります。そんなとき私は、そっと「こっちのテーブルじゃなかったかな」と助け船を出しました。自分一人でできないことに、少し落ち込んでいるようでした。

その後、泰子さんは一度控え室で休憩を取り、ある程度お客さんの食事が終わる頃に二階から下りていき、私と演奏をすることになりました。

こんなに喜んでもらえるなんて思ってもいなかった

本日一回目の演奏をしました。原曲と違い、最初の四小節を前奏に使っていたので繰り返して弾かなければならないのですが、繰り返すことなく先を弾いてしまいました。そこで止めて、再度最初から始めました。その後は順調に進みました。しかし、しばらくしたら弾けなくなってしまいました。私は立ち上がって、いつものように泰子さんの手を取って、弾き始めの鍵盤の位置に手を置かせました。そうしたらまた弾き始めました。そんな感じで弾いていき、いよいよ最後のフレーズまできましたが、この部分は練習の段階でもなかなかうまく弾けていなかったところで結局、残念ながら最後まで弾けないで終わってしまいました。

それでも皆さんから、惜しみない拍手をいただきました。スタッフの皆さんからも、笑顔で拍手を送っていただきました。また、お客様がお帰りになるとき、大勢の方から「とてもよかった」「感動しました」「また聴きたいです」と声をかけていただきました。

こんなにあたたかい人たちの中で演奏できたから、気持ちよく弾くことができたのだと、つくづく思いました。

これが「注文をまちがえる料理店」の素晴らしいところです。

泰子さんも「こんなに喜んでもらえるなんて、思ってもいなかったわ」とうれしそうに話していました。

泰子さんは、その後食器の片付けを終えると、まかないの料理を二階の控え室で食べました。しかし食べ終わらないうちに、次の演奏の時間になってしまい、慌てて下りていきました。ピアノの出来はというと、今回も一回目と同じ感じで演奏ができました。

二回目の演奏のときは長男夫婦が来てくれ、その後長女家族も来てくれました。二人とも、幼い頃から両親の演奏を聴いて育ってきました。「今までのことを思うと、途中で間違ったり止まったりするような演奏なんて考えられないし、当然いいとは考えられない。だけど、こんなに感動したことはなかったよ」と息子が言ってくれました。

こんなふうに言ってくれるなんて思いもよらなかったので、私も泰子さんも、本当にこれほどうれしい言葉はなかったです。

最後の三回目の演奏をしました。さすがに少し疲れていたようでミスが多かったのですが、よく頑張って弾きました。

翌日は、ホール係と演奏の両方は大変だということで、演奏だけになりました。これでホール係をしなくて済んだので、随分負担が減りました。

この日は、四回演奏をさせていただきました。「感動して涙が出ました」というお言葉をお客様からたくさんいただきました。

「注文をまちがえる料理店」で演奏ができたことにより、泰子さんは本来の明るさを取り戻し、とても元気になりました。

泰子さんは弾く機会をもらえたことがとてもうれしかったようで、「少しだけ自信がついたわ」と言い、その言葉を聞くことができて私もうれしかったです。

さらに九月のオープンに向け、毎日猛練習が始まりました。

オープンでは完奏できた！

九月十六日初日

オープンの場所は、六本木のRANDY（現在は残念ながら閉店）で行われました。このお店は六本木とは思えない、周りが木に囲まれた別世界のような素敵な空間でした。そして、私の出身高校都立城南高校（現在は六本木高校）に近い場所でもあり、運命を感じました。

この会場にはピアノはなかったのですが、YAMAHAが会場に合わせたピアノを提供してくださいました。とても弾きやすいピアノで、音も良かったです。

一回目のお客様がデザートまで終わったくらいで、和田さんが合図をされたので、いよいよ私たちの出番です。

まず、私たちのことについて話をしました。

「泰子さんが、認知症で全くピアノが弾けなくなってしまいました。それでも好きなピアノを弾きたいという思いがあったので、少しずつ練習を始めました。間違えたり止まってしまったり弾き直したりするかもしれませんが、頑張って弾きますので聴いてください」

弾き始めると、すべてのお客様、スタッフの方たちが、私たちの演奏に耳を傾けてくれました。

六月のプレオープンで弾いたのと同じ曲とは思えないような、素晴らしい演奏が会

場中に響き渡りました。少し弾き直したところはありましたが、最後まで演奏することができました。

一瞬の静寂の後、大きな拍手に包まれました。

私が小国さんに「すごいでしょ、最後までちゃんと弾けたでしょ」と言うと、小国さんもプレのときを知っているので、ビックリしていました。和田さんも、喜んでくださいました。泰子さんは「本当に感謝しています。またこんなふうに弾けるなんて思っていなかったから」と話していました。

この日は、次男の啓が入店の抽選に当たり、来てくれました。次男が見てくれた回も含め、この日は全部で四回弾きました。

本当によく頑張った

二日目。この日はひどく雨が降る最悪の日でしたが、たくさんの方がいらしてくださいました。一回目と二回目の演奏は、昨日に引き続き順調でした。

しかし、三回目の演奏では、最後のところで音を間違えて、何度も弾き直しましたが、どうしても弾けませんでした。

それでも泰子さんは諦めず、椅子から立ち上がりませんでした。そしてまた、最初から弾き始めました。しかし、何回も弾き直すので疲れのせいか、やはり最後のところで止まってしまいます。泰子さんは「もうだめだ」とつぶやきました。私は「どうする？　もう一回やる？」と聞きました。すると皆さんが拍手で応援してくださいました。

泰子さんは気力で、四度目を弾き始めました。そして最後のところで、一瞬引っかかりそうになりながらも、最後まで何とか弾くことができました。

歓声とともに、今までで一番の拍手に包まれました。涙を流す方が何人もいらっしゃいました。

「ブラボー！」

四回目はさすがに疲れたようで、最後まで弾くことができませんでしたが、大きな拍手をしていただきました。

この日はちいたび会から、理事長さんを含めた四名が来てくださいました。

最終日は、午後十二時頃から一回目の演奏をしました。ミスは所々ありましたが、いい演奏ができました。

二回目もいい演奏ができ、三回目。一度は始めから弾き直しをしましたが、何とか最後まで弾ききりました。

夕方四時三十分頃から最後の演奏を始めました。やはり疲れが溜まってきていたようで、なかなかうまく弾けませんでした。弾き直しをしたのですが、もう無理そうだったので、間違えたところから弾くことにし、何とか最後まで弾ききりました。

三日間で合計十二回も演奏することができました。

プレオープンのときは全然弾けなかった泰子さんでしたが、三か月でここまでよく頑張りました。

ピアノが弾けなくなり自信を失っていましたが、ちいたび会での演奏、プレオープンでの演奏、そして今回の演奏ができ、大いに自信を取り戻しました。

機会をくださった和田行男さん、小国士朗さんには、本当に感謝しています。

2

NHKのハートネットTVに出演

「ハートネットTV　リハビリ・介護を生きる」の取材を引き受ける

二〇一八年七月頃、NHKのハートネットTVから取材の依頼がありました。

以前にも依頼があり、家に来ていただいてお話を聞いたのですが、泰子さんも私も企画の趣旨と合わなかったので、そのときはお断りしました。

今回も、とりあえずお話を聞くことにしました。

私は、いい面だけを取り上げるのではなく、私たちの日常のありのままの姿を撮ってもらいたいと思っていました。今回はそれにピッタリな企画だったので引き受けることにしました。

八月十七日の朝八時少し前に、橋本稔里さんと取材の方がいらっしゃいました。

まずは、私たちのピアノの練習風景を撮影しました。

その後、泰子さんはサポートセンター（デイサービス）の方が迎えに来たので、車に乗って出かけていき、私が一人で様々な質問に答える形で撮影がありました。

ところが、十一時半頃に電話がかかってきて「ピアノが弾きたいから帰りたい」

と泰子さんが言っているそうで、帰ってきました。ちょうど午前中の取材が終わったところでした。

午後は、私が泰子さんに作ったはめ込みパズルの撮影をし、さらに漢字の練習プリント、ピアノに関する撮影もしました。これで私の取材は終わり、その後ピアノやチェロ、楽譜などを撮り、夕方四時半頃、やっと撮影が終わりました。

夜明け前から取材が始まる

一週間後の二十四日、まだ夜が明けない午前三時四十五分頃、今度はNHKの取材の方が四人で来られました。今日は私たちの日常に一日密着することになっています。

まずは泰子さんに、味噌汁の具材をお鍋に入れる作業をしてもらいました。終了後、朝の三十分ウォーキングとして、二人で行っているいつものコースを歩きました。帰ってからすぐにお風呂に二人で入りました。泰子さんの着替えは、自力で七十％できていました。

キッチンに戻り、彼女が味噌を入れると味噌汁が完成し、リビングで朝食を食べました。洗い物は一緒にし、食べた後は歯磨きをしてあげました。その後、『アヴェ・マリア』の合わせを一時間ほどしました。午前中の撮影はこれで終わりました。

午後の撮影は、一九八七年の私たちのビデオの演奏を聴きながら、二人へのインタビューで始まりました。最後は、ライフレビューで作ったアルバムの写真を見ながらのインタビューで締めました。すべての撮影が終わったのは、午後三時でした。

二十六日、再びＮＨＫの取材の方が見えて、この日は一緒にちいたび会のバーベキューに出かけました。まずはビールで乾杯して、美味しく焼けた魚やお肉をいっぱい食べました。その様子も撮影しました。

九月二十四日には「注文をまちがえるリストランテ＠きょうと」で演奏するために、私たち二人は京都へ出かけました。この撮影のために、橋本さんは京都まで来てくれました。放送直前だったので、ここでの映像は入らず写真だけの放映になりました。

ＮＨＫでの収録には桜井洋子さんと阿木燿子さんも

九月七日。私たちは、スタジオ収録のために渋谷のＮＨＫ放送センターに行きました。

お弁当をいただいた後、顔や髪をセットしてもらい、スタジオに入りました。そこには、桜井洋子さんと阿木耀子さんが待っておられ、収録が始まりました。今まで撮ってきたVTRをみんなで見た後、様々な質問に泰子さんも答え、無事収録が終わってホッとしました。

こうしてできあがった映像が二十七日（木）夜八時～八時三十分にEテレ「ハートネットTV　リハビリ・介護を生きる『二重奏で愛の調べを』」で放映されました。

二〇一九年三月十四日には、アンコール放送が。さらに二十一日にもアンコール放送があり、全部で四回放映されました。

この取材は、本当に二人にとって忘れられない思い出になりました。

Chapter 7

泰子さん、要介護５に

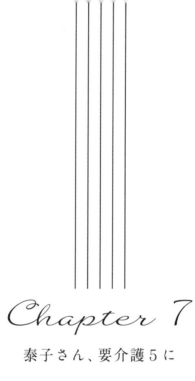

1

だんだん歯車が狂ってきた

ピアノを弾くことが

二〇一九年になりましたが、クリスマス会での余韻が残っているのか、『アヴェ・マリア』を四回も完璧に弾けていました。その後も大体よく弾けていましたが、最初のドの位置がわからなくなることもありました。それでも一月中は、完璧に弾けることが多かったです。

しかし二月に入り、七日に完璧に弾けたのが最後でした。その後は止まったり、最初のドの音が取れないことが増えてきました。

二回ほど最後まで弾きましたが「もうやらない」と言って弾きませんでした。「やっていてもつまらない」と言ってやめてしまうことや、よく弾けていても「疲れた」と言ってやめてしまうこともあり、ときどき練習したり合わせたりする状態でした。

三月に入りました。

このところ、一度弾くのが止まるとブツブツ言い始めて、なかなか始まりません。

でも嫌がるのではなく、楽しそうには弾いています。そして、最後には終わりまで弾けました。

次の日も、四十分ほど合わせ、最後まで何とか弾けました。

「ピアノがかわいそう」と言って、弾かない日もありました。

ある日は、二十分ほど合わせましたが「どうしたらいいかわからない。頭が働いていない」と言ったので、無理せずやめました。しかしその次の日は五十分ほど練習すると、割とすぐに終わりまで弾けました。この日は全部で四回、最後まで弾けて満足そうでした。

結局、弾けない日が徐々に増え、二〇一九年三月十八日からピアノは全く弾かなくなりました。

立つ、歩くことが

まだピアノが多少弾けていた二〇一九年一月頃、朝起きるときに立てなくなることが増えてきました。

散歩に行っても、前のめりになって歩けなくなり、最後の方は立っていられなくなるくらいでした。散歩の途中で倒れてしまい、私が手を持っていたので何とか大事に至らずに済んだこともあります。

体が右に傾くことも増えてきて、靴を脱ごうとした際に倒れてしまいました。二月に入っても状態は変わらず、なかなか起き上がれないことが多く、また最近は落ち着かないのか、家の中をウロウロ歩いています。

三月に入っても、体は右に傾いていて、歩くのが大変になってきました。ピアノの練習をするためには、五段の階段を下りてホールに行かなければなりません。泰子さんは練習が終わってその五段の階段を上がる途中で、動けなくなっていました。そこで私は、まず一度泰子さんを下まで下ろしてから上がらせました。あるときは、階段下で転がっていたことがありました。幸い大きな怪我はなく、打撲程度のようで安心しましたが、これが続くようなら何か方法を考えなければと思いました。

次の日も私が階段を下りていると、下で泰子さんが横たわっていました。最後の一段で転んだようでした。仕方がないので下りたときに倒れてしまわないように階段下に大きなスピーカーを置き、手がつけるようにしました。

しかしその次の日も、やはり階段下で倒れていました。スピーカーにもたれかかるだけでは済まず、そのまま最後の一段で転んだようです。

スピーカーも役に立たないことがわかったので、暗いのを解消すればいいかと思い、電気をつけておくことにしました。そうすると、階段から落ちることはなくなりました。しかし、下りることはできても、手すりがないので自力では上がれませんでした。

四季の森公園に、桜の開花状況を見に二人で行きましたが、帰りは体が前のめりになって倒れそうでした。そして自宅の直前で立てなくなってしまい、車椅子を取りに家に戻って泰子さんを乗せて帰りました。

さらに、椅子に座ると後ろにもたれかかって、体がかなり右に傾いていました。また椅子から立ち上がろうとしてそのまま仰向けに倒れていました。あるときは、泰子さんが床に仰向けにひっくり返っていました。

四月に入っても、座ると体は右に傾いています。歩き方も危ないです。

久しぶりに、ピアノの練習を終えて自宅ホールの階段を上がってきましたが、最後のところで止まっていました。

歩くのがいよいよ大変になり、ちいたび会交流会には会員の方に譲っていただいた車椅子で行きました。その後は、ほとんどが車椅子での移動になりました。

ベッド

二〇二一年九月には、車椅子への移乗をしやすくするため、次男が薦めてくれた立ち上がりができる電動ベッドに変更しました。このベッドでとても楽になり、替えてよかったと思いました。

二〇二三年二月になり、リハビリ担当の方からお話があり、「移乗の際、体に力が入って筋肉が固まってしまいがちなので、リフトにした方がいいだろう」ということを言われ、リフトが付けられるベッドに変更しました。初めはなかなかうまく乗せられませんでしたが、慣れてきたら楽に移乗ができるようになりました。

また、褥瘡対策としてエアーマットも福祉用具店から借りました。

風呂に入ること

風呂は毎日朝と夜の二回、一緒に入っていました。

Chapter 7

泰子さん、要介護5に

しかし、二〇一九年二月十五日に、湯船に足を入れるところまではしてくれましたが、立ったままでしゃがんでお湯に浸かってくれなくなりました。数日後の十八日朝、このときも同じでした。強引に座らせようとしましたが、とても嫌がりました。

さらには浴槽にも入らなくなり、機嫌がいいとき以外には風呂自体に入ろうとしません。朝に入ると夜は入らなかったり、逆に朝入らないと夜入ったり、日によってまちまちです。

三月になってもその状況は変わりませんでした。

そして、お風呂は一人で入れるときもありますが、だんだん難しくなってきました。湯船に入るのはまだいいのですが、出るのが特に大変で、仕方がないので抱きながら入れることに。

四月になってからは、抱きながら入れることがほとんどでした。椅子を使って入れようとしましたが、体の向きを九十度変えるのがうまくいきません。そこで、出るときは風呂桶の縁に座って、片足ずつ外に出す方法をしてみると、どうやらよさそうだということを発見しました。

しかし、もう私一人で風呂に入れるのは難しいと思い至りました。そこで、ケアマネージャーと看護師の方に相談し、訪問看護での入浴方法で五月から週一回来てもらうことにしたところ、泰子さんも了承してくれました。

今までは毎日朝晩二回風呂に入れていましたが、今後は月曜日はデイサービスで、金曜日は訪問介護の看護師さん二人にお願いし、自宅で入れてもらうことになりました。

さっそく看護師さんたちが来て泰子さんをお風呂に入れていました。湯船に入るときと出るときに怖がったそうで、湯船に移動するときは回転する椅子があると解消されるのでは、とのアドバイスをいただいたので、背とはね上げ袖があり、回転する椅子を通販で探し注文しました。

回転するシャワーチェアが届き、さっそく次の週に使ってもらうと、看護師さんからやりやすかったと言われました。

第八章で詳しいことは書きますが、泰子さんが二度入院して以降の二〇二三年四月からは、二人の看護師でも大変になってきたので、いよいよ訪問入浴をお願いして来てもらうことにしました。

2 再び暴言が始まる

泰子さんとの日々の大半は明るく楽しい幸せなものでしたが、病気が進行するにつれ理不尽に私を非難したり駄々をこねたりすることが増えてきました。泰子さんは自分ができることが少なくなり、不安な気持ちが抑えられなくなってきているようです。泰子さんの不安を理解してはいるのですが、実際言われた瞬間は、私も腹を立ててしまいがちです。さらには、意味不明な言葉を発するようにもなってきましたので，対応も大変になってきました。そんな時は否定せず、やさしく対応をするように心がけてきました。

二〇一九年

一月

- お米を研いでもらおうとしたら「またやるの」と言ったので「ありがとう、もういいよ。あとは私がやるから大丈夫だよ」と言いました。
- 私が寝ていたら「あっちに行くって言ったでしょ」と起こされたので、「そうだっけ。すっかり忘れていたよ。ごめんね、一緒に行こうね」と散歩に誘いました。「私お金持っていないから行かない」と言ったので「大丈夫だよ、私が持っているから」と安心させました。

二月

•「どうしたらいいかわからない」と言っていたので「できるようになったらやればいいよ」と言うと、焦りと不安が収まったようで落ち着きました。

•私のことを怖いと言って、私が何かしようとすると怒りだしたり、拒否して大変でした。そんなときは、「もうやらないから大丈夫だよ」とやさしく言いました。

•「あっちへ行く」と言って、玄関に立ってじっとしていたので「どこに行くの。一緒に行こうね」といつものように散歩に連れていきました。

•「ダメじゃない。みんなの分やらなくちゃ。そんなことしてちゃダメでしょ」と言って怒っていたので「そうだったね。じゃあ、しっかりやらなくちゃいけないね」。このような意味不明なことを言うようになったので、そんなときは否定しないように心がけました。

Chapter 7

泰子さん、要介護5に

三月

- 「ちーたーひろば」（認知症カフェ）に来た取材の方と話をしていたら、「何でそんなこと言うの」と泰子さんの機嫌が悪くなったので「泰子さんのことではないよ」と言いました。
- 渋滞に巻き込まれたとき「父さんが何もしない」と怒りだしたので、「困ったね。私が何かできるならやるんだけど、残念ながらできないんだ」となだめました。
- 今まで「あの人は何にもしない」と憤慨ばかりしていましたが、今日は「あの人本当に頑張っていてうれしかった」と褒め言葉を言っていました。
- 意味不明な言葉が多くなってきて、何と言ったらいいか困る場面もありました。

四月

- 敷布が汚れていました。立てないのでまず上だけ着替えさせました。泰子さんは失敗したことを感じたのか「何でそんなことするの」と拒否していました。

そしてこの後からはあまり言葉が出なくなってきました。

3 着替えや排泄処理

二〇一九年

二月

「定食屋きまぐれ（注文をまちがえる料理店を元にしたレストラン）」で会場のトイレに行ったのですが、リハパン（リハビリパンツ）がいやだと泰子さんが怒りだしました。今までリハパンのことで怒ったことがなかったので、驚きました。

三月

風呂に入るとき、服を脱いだらリハパンに便が出ていたので「出ているからちょっと待ってね」と言って処理を始めたのですが、プライドというか、直接言われたことが嫌だったようで、機嫌を損ねて湯船には入りませんでした。失敗したときはそれに触れないようにうまく処理をしないとダメだと反省しました。

ある朝起きたとき、おねしょシーツが濡れていました。自分で失敗したことを感じていたのか、私がエプロンと腕カバーを付けてあげていたら怒りだし、椅子に座らせようとしてもなかなか座ってくれませんでした。

Chapter 7

泰子さん、要介護５に

四月

この頃は、多少うまく排便排尿ができていましたが、ときどきおねしょシーツが濡れていることがありました。

ある日もおねしょシーツが濡れていましたが、一人で立てなくなってきていたので私が上半身を起こしてあげて、まず上だけ着替えさせ、そのままベッドでリハパンとズボンをはかせました。

その後は、トイレに行ったときに着替えができていました。

また、何とか漏らさずにトイレに連れていっても、座る前に漏らしてしまうこともありました。

ときどきこのように間に合わないことが出てきました。

Chapter 8

緊急搬送と自宅介護の限界

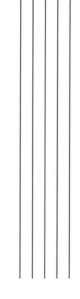

1

誤嚥性肺炎で入院

二〇二二年十二月十二日。泰子さんは、いつものようにデイサービスに行きました。

午前中にシャワー浴、昼食は一口食べましたが、傾眠（うとうとと眠くなってしまう症状）が強く食べられませんでした。

十三時過ぎ、酸素濃度が低くなり微熱も出て、呼吸状態が悪化し意識障害になりました。そのとき、ケアマネージャーの豊田さんがデイサービスにいたので、私に電話してきました。泰子さんの状況を聞いて私は、緊急搬送をお願いしました。延命措置はするかどうかの話が出ましたが、認知症があるとできないとのことで救急病院に搬送されました。

先にＰＣＲ検査をしてコロナ陰性を確認した後、意識障害があり脳髄膜炎が疑われるのでＣＴ検査、ＭＲＩ検査、脳波の検査をしましたが、脳の障害はありませんでした。そして誤嚥性肺炎と診断され、抗生剤の点滴などの治療を受けました。

知らせを聞いて、娘の泉も来てくれました。一人では不安だったので、大変助かりました。

検査が終わり、泰子さんに会えました。意識はありましたが、頭を左右に動かしていて顔色も悪い様子で、入院することになりました。この病院は部屋が空いておらず入院先を探す必要がありました。しかし、どこも空きがなくて入院先は決まらず、私は自宅に帰り、泉も泊まってくれました。

翌朝電話があり、入院先はたまたま泰子さんの精神科主治医のいる病院になったと言われました。さっそく娘と一緒に病院に行くと、まだ泰子さんは搬送元の病院から着いていませんでした。しばらく待つと到着し、会うことができました。泰子さんは目も開いていて、顔色もとても良かったので、ほっと安心したことを覚えています。

やはりこちらでもPCR検査をし、その後CTなどの検査をしました。

その後、呼吸器内科医から検査結果のお話を聞きました。肺の影は良くなっていて、心配ないとのことでした。とりあえず二、三日様子を見ることになりました。

誤嚥性肺炎を起こしたので、食事の仕方について検討する必要があると言われました。また、てんかんの薬で傾眠が多くなっていることや、このところ痙攣がないので、今後てんかんの薬を続けるか、精神科医と相談してくださることになりました。

誤嚥性肺炎の治療は二十日に終わったそうです。

面会は、月一回一人で十五分、私は二十一日午後三時に面会の予約をしました。当日、午後三時から十五分間の面会をしました。初めは目をつぶっていましたが、後半は目を開けてくれました。顔色も良く元気そうで食事もしっかり食べているそうです。

褥瘡の処置もしてもらうため、入院は長引きそうです。

第一回カンファレンス

二〇二三年一月十日十一時から、カンファレンスが行われました。

担当医師、担当看護師、栄養士の方たちにまず現状を教えてもらって、さらに退院後の対応についてお聞きしました。ケアマネージャー、看護師、リハビリの方も見えました。また「陽だまりの輪」（若年認知症家族会）の看護師にも来ていただきました。

体重は、入院時三十七キロだったのが四十キロに増え、食事はお粥・極きざみで三十分くらいで完食していて傾眠もないとのことでした。医療的には問題ないものの、午後に多少微熱があるそうです。また、入院時はほぼ眠っていましたが、今は起きている時間もあり、てんかんの症状もないので、てんかんの薬は半量に減らしたそうです。

カンファレンスの終了後、面会させてもらいました。

機械浴（機械を使用した浴槽）が終わって、昼食を食べさせてもらっている様子が見えました。目はつぶっていましたが、しっかり食べていました。

褥瘡を完全に治してから退院、ということで、自宅でのベッドの対応や食事について、次のことを助言してくださいました。

・二時間毎に体位交換が必要
・ペースト状の食事と水分補給にする
・ベッドはエアーマットの方がよい

第二回カンファレンス

一月三十一日に二回目のカンファレンスが行われました。担当看護師、栄養士、ケアマネージャー、リハビリ、介護用品担当の方、訪問介護の方、陽だまりの輪の看護師が出席しました。

心配していた褥瘡は、完全に治ったとのことでした。

二月十日までに退院の予定でしたが、私の都合で十三日まで延ばせないか、また延ばせないときはショートステイができないか、お願いしました。

その後電話があり、二月八日に退院し、その後「第三南陽園」にショートステイで預かってもらえることになりました。私はその間に、自宅のベッドの交換とベッド設置式リフトの設置をし、使い方の実習をしてもらいました。

二月八日に無事退院して、そのまま第三南陽園のショートステイに入所しました。

退院後は私が毎日泰子さんの食事を作るのは大変なので、紹介していただいた介護食を試しに一週間分注文し、二月十三日に届くように準備しました。

二月十三日に、泰子さんは介護タクシーでショートステイから自宅に帰ってきました。

その後の自宅での生活は、皆様のアドバイスのお陰で特に問題なく順調に過ごしていました。

2 二度目の搬送

二〇二三年四月六日、デイサービスから次のような電話がありました。

午後〇時三十分頃　食事開始
午後一時二十分頃　咽のゴロゴロ強くなり酸素濃度感知不良　肺音（肺上部）不良
　　前屈姿勢にて唇にチアノーゼ出現あり
　　座位に戻すことで改善　酸素濃度七十前半～八十五％
午後一時五十分　緊急搬送依頼
午後二時五分　救急車到着

泰子さんが救急病院に搬送されたので、私は急いで病院へ向かいました。
泰子さんはすでに誤嚥性肺炎の喉の吸引を終えていて顔色も良く、少し目も開いていたので安心しました。無事を確認できた私は、これ以上病院でできることがないため、自宅に一緒に帰る準備を始めました。車椅子がまだデイサービスにあるので、それを持ってきてもらうようにケアマネージャーにお願いしました。

しかし、私がタクシーの準備をしていたらまた泰子さんの体調が悪くなってしまったそうで、再度吸引されました。私が慌てて戻ると顔色も悪く苦しそうに吐いていました。

救急病院の医師から「状態のわかっている浴風会病院で診てもらってほしい」と言われ、ケアマネージャーさんが連絡してくださり、受け入れてもらえることになりました。

私は、乗ってきた自転車を置きに一度自宅に帰り、タクシー券（区で支給している介護用タクシー券）を持って病院に戻りました。車椅子ごと乗れる介護タクシーを呼ぶことができ、浴風会病院に移動しました。

泰子さんが検査をしている間に、私は入院の手続きをしました。検査の結果、すでに誤嚥性肺炎は見られなかったとのことでした。しかし体調不良の原因がわからないので、少し様子を見ることになりました。

このときは面会は週一回になっていたので、さっそく十七日に行き、泰子さんの様子をテレビ電話で子どもたちに中継しました。泰子さんは元気にしており、私が声をかけるとこちらを見てくれました。

杉並区特別養護老人ホームの入所手続きへ

最初の面会から一週間が経った四月二十四日に、退院のためのカンファレンスに行きました。

「二度の誤嚥性肺炎を起こし、またいつ起こすかわからないので、特別養護老人ホームに入所するのがいいだろう」と担当医から言われ、杉並区特別養護老人ホーム入所の手続きを進めました。

二十八日、二度目の面会に行きました。終始目を開けていて、孫が生まれた話をしたら何となくうれしそうでした。今回もテレビ電話で中継し、子どもたちに見てもらいました。

五月十日、再び面会に行きました。前回よりも意識がハッキリしていて、声をかけると薄目を開けて、さらに目をパチパチしたり頷いたりしていました。

その次の面会では、十五分間ずっと目を開けていて、泰子さんが徐々に良くなっているのを感じました。食事もよく食べているそうで、安心です。

退院後ショートステイに

五月十七日、四十一日間の入院生活を終えて退院し、そのまま第二南陽園のショートステイに入所しました。

面会は週一回からと変わりませんが、時間は三十分で人数制限がなくなりました。ただ、泰子さんの部屋には入れないので、面会室での対面になるとのことでした。

帰宅すると、先日申請した杉並区特別養護老人ホーム入所の、第一次評価の通知が来ていて、優先度ランクはAでした。これで、すぐに特別養護老人ホームに入所できそうです。

二十日に面会に行きました。アクリル板もなく直接手を握ったりマッサージもできました。今回も声をかけると、薄目を開けたり目をパチパチしていました。帰るとき、次回の面会の予約を子どもたちも来られる五月二十八日にしました。

Chapter 8

緊急搬送と自宅介護の限界

久しぶりに担当医の須佐先生と

五月二十三日に、病院のソーシャルワーカーの方から電話がありました。

「特別養護老人ホーム入所の審査に必要な診断書を、精神科医の須佐先生に書いてもらうのですが、しばらく会っていなかったのでご主人にも会いたいそうです。本日先生がいるので、都合がよければ来てもらえませんか」とのことでした。私は特に予定がなかったので、先生に会うために病院へ赴き、第二南陽園の相談課長が泰子さんを連れてきてくださいました。先生に状況をお話しすると、先生も思っていたより泰子さんが元気そうで安心したと言ってくださいました。

毎週面会に

五月二十八日に、今回は長男と次男も一緒に面会に行きました。

泰子さんは、息子たちが声をかけるとそちらを向いて、少し目を開けていました。また「泰子さんの隣の部屋の方と職員が歌を歌っていたら、笑顔を見せていた」と、相談課長が話してくださいました。

その翌日、「泰子さんが浴風会特別養護老人ホーム（特養）の入所予定者名簿に記載され内定した」という通知が来ました。

六月六日、この日は私一人で面会に行き、家族にはテレビ電話で様子を知らせました。泰子さんは声かけをするとときどき目を開けたり、私の方を向いたりしてくれました。何か言ってくれたように思ったのですが、マスクをしているし声が小さかったので、残念ながら内容はわかりませんでした。

翌週の面会では、テレビ電話越しに長男が、ちょうど起きた孫の様子を見せてくれました。するとタイミングよく孫が泣きだし、泰子さんはそれに少し反応したようでした。

ショートステイでの様子

六月二十一日、ショートステイから泰子さんの現在の状態について電話がありました。

朝食は半分以上食べていて、昼食も少なくても二割以上は食べているようです。しかし、夕食は食べられないことがあるため、普通は夕食後に飲む便秘薬（酸化マグネシウム）を食事前に飲ませているので、そのことを了解してほしいとのことでした。また、お昼頃には割と笑顔が見られたそうです。

六月二十三日には面会に行きましたが、泰子さんはあまり反応が良くありませんでした。ただ顔色は良く、元気そうではありました。食事については、やはり夕食はあまり食べていませんが、朝食はまあまあ食べているそうです。

六月二十七日に、再びショートステイから電話がありました。

「本日医師の診察がありますが来られますか」と言われましたが、残念ながらケアマネージャーが来る予定で伺えず、昼過ぎに再び来た電話で「検査結果は問題なかったです」とご報告いただきました。私はほっと一安心することができました。

延命措置はどうする

七月に入り、この日もいつものように面会に行きました。

今日は特養の契約の説明やショートステイと違う点について説明を受けました。

特に違うのは、ショートステイでは衣類などをすべて貸していただいていましたが、特養では衣類・靴・ティッシュペーパーなど必要な物はすべて持参しなくてはならず、またそのすべてに名前を書かなくてはなりません。そのほか、例えば延命措置はどうするか、胃瘻はどうするのかなど、家族で話し合いをし、決めておかなければならないと言われました。

七月二十二日、我が家の定例ミーティングを行い延命措置について意見交換しました。しかし結局、そのときになってみないとなかなか結論が出せないという話になり、話し合いは難航しました。

二十五日に、呼吸器内科の診察があったので、相談課長に延命措置のことを相談したところ、最終的にはそのときに決めることになると相談課長もおっしゃっていました。皆、家族は同じ悩みを抱えるのでしょう。

三十日に面会に行くと、スタッフの方が泰子さんの食事について記録簿を見ながら次のように教えてくれました。

「昨日は、朝も昼も完食、夜も八割食べていました。今日は、朝食は二割ほどしか食べていません」

昨日はよく食べたようなのに、今日は一転して食欲がなく、波があるようです。

Chapter 8

緊急搬送と自宅介護の限界

泰子さんの誕生日

七月十四日の泰子さんの誕生日に、娘と面会に行きました。

初めはうっすら目を開けて見ていましたが、後半から今までと違い、初めてしっかり目を開けて私たちの話に反応していました。介護のスタッフからも、最近は起きていることが多くなってきたと報告を受けました。

八月六日に、遅くなりましたが、泰子さんの誕生日会ということで家族みんな集まっての面会をしました。長男・保は子どもが生まれたばかりなので、嫁と孫はお留守番でしたが、長女・泉は孫も一緒に三人で、次男・啓は孫二人を含めた四人で参加してくれました。泰子さんはまあまあの反応でした。一番年上の孫は、泰子さんにどう対応したらいいか少し戸惑っていたようです。

翌週も面会に行き、目はあまり開けませんでしたが、手を握って握り返すように話をしたら、少し握り返してくれました。

特養の契約をして入所

八月十四日に相談課長から電話があり、前回の定期検診は問題ないと言われました。施設内では風邪が流行っているけれど、泰子さんは風邪もひかず元気に過ごせているようです。特養の件は、一番最初の候補者になってはいるもののまだ空きがないらしく、九十日ほど経ちましたが進展はなかなかありません。

八月十七日に、相談課長からまた電話がありました。「昼食時に、水分介助は済んだのですが、食事中に体を左右に動かしてメトロノームのようにチクタクしていました。現在は、意識もあり落ち着いていています」とのことでした。泰子さんを病院に連れていくか迷いましたが、前のてんかんの症状とは違っていたし、今は落ち着いているようなので、「様子を見て何かあれば連絡をください」と私は話しました。

八月二十五日に、相談課長から電話があったので話をしたら、担当医と話をしてくださり、来週定期検査を予定しているので、場合によってはてんかんの検査をすることになりました。さらに、特養の入所についての打ち合わせを月末にすることにしました。

相談課長から、三十日に特養の契約書類を持って第二南陽園に来てほしいと電話があり、入所は唐突に決まりました。八月三十日付けで契約をしに行くと、そのまま今日から入所できると言われ、私は慌てて一度帰宅して衣類などの準備をしました。

これで入所が決まり、肩の荷が下りた感じがしました。

3

特別養護老人ホームに入所

特別養護老人ホーム入所を決めたきっかけ

二度の肺炎は二回ともデイサービス中の発症だったので、適切な対応ができたことは不幸中の幸いでした。しかも、搬送先・入院先の病院もそれぞれ縁のある病院だったことは本当に運が良かったと思いました。

しかし、自宅で、しかも夜中などに今回のような症状が起きた場合、私一人では対応できないかもしれません。この二回の入院によって、担当医とも相談し、施設への入所を決めました。

入所までの流れを整理すると、まずショートステイで現在の介護状況に従って審査されます。その後、杉並区に入所希望の特養に関する書類を提出し、区はその月の中旬までに提出された申請書類をまとめて入所に適切かの審査をして、そこで入所の順位が付けられます。そして、浴風会にその結果が送られ、最終的にその順位によって入所が決まります。泰子さんの場合、順位がかなり高くなるだろうとのことでした。ということで、四月二十四日に相談課長に相談したその場で区役所に出す特別養護老人ホームの申請書類を提出しました。

五月十七日に杉並区からA判定の通知が来ました。

その後、第二南陽園の特養の契約について相談課長から説明を受け、後日署名して提出することになりました。浴風会には特養が三箇所ありますが、本人もスタッフも慣れている同じ場所がいいと思い、そのまま第二南陽園に入所することに決め、空きを待つことにしました。

そして三か月半ほど待ち、八月三十日に施設の空きが出て入所することができました。

いよいよ自宅での介護は終わり、施設での対応が始まりました。

介護がなくなり気が抜けて

要介護5になって四年が経ちました。今まで可能な限りは自宅介護で、と考えて頑張ってきました。そして、振り返ってみると介護で大変だったことはあまりなかったというか、多少楽しんでやってきたように思います。

私は泰子さんが笑顔でいられるように心がけてきました。彼女の笑顔が見られれば、私も笑顔になります。相乗効果が生まれ、ますます信頼関係が深まっていたはずです。

これまでの自分の介護生活は、それなりにできていたと満足しています。

泰子さんは四月の入院以降五か月近く、自宅に帰ってきていません。また一週間に一度の面会では、ほとんど何もできませんでした。

私は、今は一人暮らしになりましたので、いろいろやりたかったことができるのでは、と思っていましたが、実際は気が抜けてしまい、好きなチェロも前みたいに夢中になって練習することもできません。そして、かつて泰子さんと一緒に演奏していたときのことを思い出し、落ち込んでいる自分がいます。

そうはいっても、泰子さんのためにも早くこの脱力感から脱出して、元気で前向きに頑張れる自分に戻ろうと思っています。

Chapter 9

介護での工夫

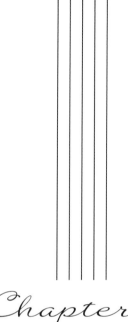

1

認知症といっても同じ人間

どんな点に注意をしてきたか

・一人の人間として人権があることを忘れない
・できることを取り上げない
・私は気が短く、つい怒りそうになるため、できるだけ怒らないようにする
・せっかちなのでどうしても早くしようとしがちなため、急がないように注意する
・どんな些細なことでもできたときは褒め、一緒に喜ぶようにする

という五点に注意して介護をしていました。

生活のサイクルをきちんとする

これは認知症と診断された最初の頃です。

・朝起きたらトイレと着替え
・具材はあらかじめ切っておき、味噌汁を一緒に作る
・豪雨や雪以外は散歩に必ず行く

・朝お風呂に入り、頭を洗い体を洗う
・風呂の蓋を閉める
・味噌汁に具材や味噌を入れて、ＩＨのスイッチを入れ完成させる
・朝ご飯を食べて洗い物をして歯を磨く
・バッハ／グノーの『アヴェ・マリア』を練習する
・昼ご飯を食べて洗い物をする
・夜ご飯を食べて洗い物をする
・風呂を沸かすためスイッチを入れる
・夜間セキュリティのために暗証番号をセットする

2
できることを取り上げない

できることを見つけてやってもらう

これも最初の頃の様子です。

・トイレ掃除

・着替え
・味噌汁作り
・風呂の蓋を閉める
・頭を洗う
・体を洗う
・洗い物をする
・ピアノの練習
・セキュリティをする

できなくなってきたときの工夫

できなかったり間違えたりすると自信を失ってしまいます。なので、そうならないようにいろいろ工夫をしました。

鍵盤の位置

ピアノの鍵盤のドの位置がわからないので、ドの位置にシールを貼りました。その後、椅子の位置の工夫でわかるようになったので外しました。

着替え

着替える順番がわからなくなったので、順番に渡してあげました。そのうち前と後ろがわからなくなってきたので、首の後ろにワッペンを貼りました。これで一人で着られるようになりました。

タングラムのパズル

形状認識能力が落ちてきているので、はめ込みパズルのタングラムを作りました。初めは、コピー紙に印刷していましたが、動いてしまうので作り直しました。ピースは厚紙で作りました。ピースを入れるところは、厚紙を二枚重ねてくりぬき、下は形を印刷した画用紙を貼りました。

初めに四ピースタングラムを作り、次に

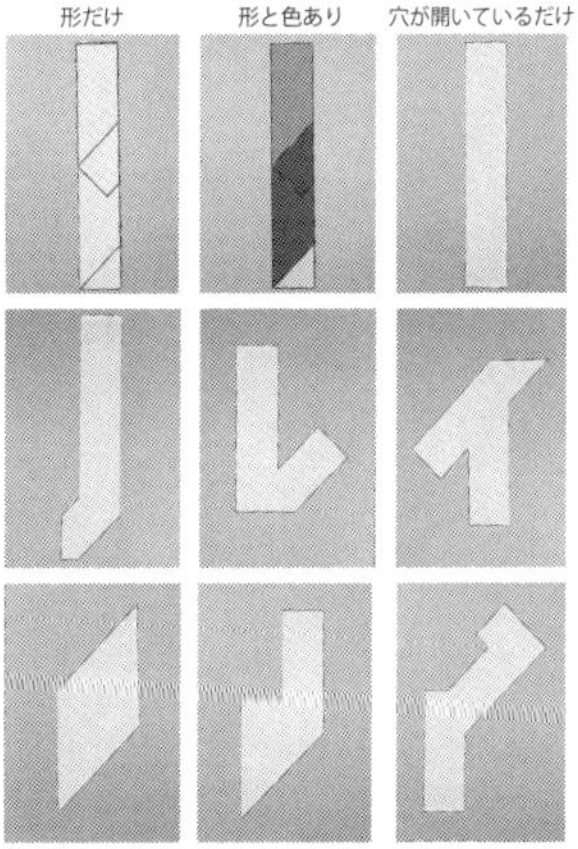

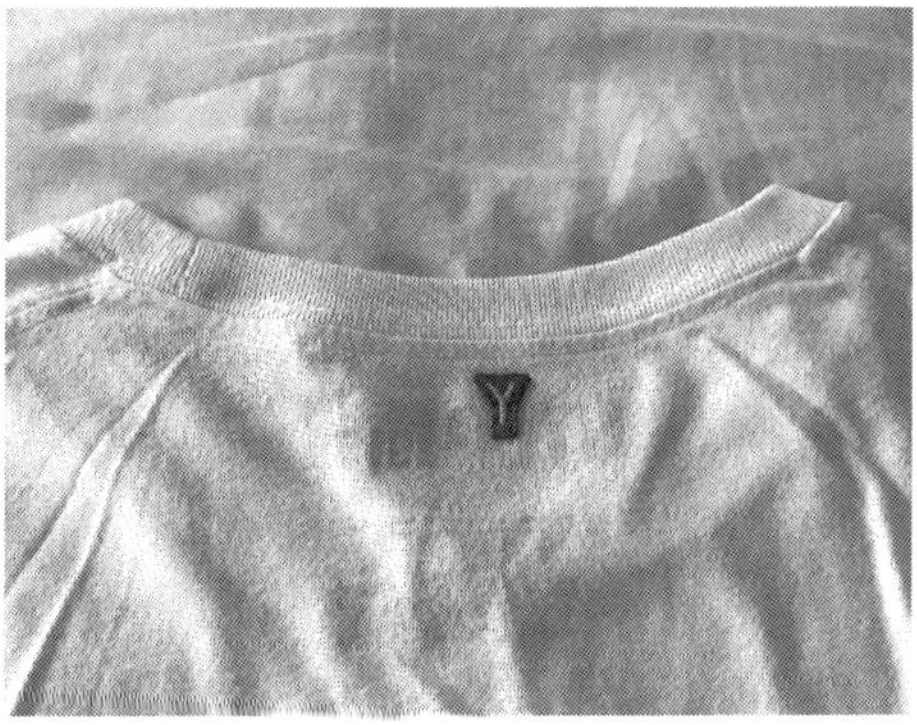

三ピースタングラム、最後に五ピースタングラムを作りました。最終的には色も形もあるものを六種類作りました。これらは、結構楽しんで取り組んでくれました。

計算練習

友人が作ったパソコンのソフトで、計算練習に挑戦しました。

漢字練習

iPadのアプリを使った練習をしました。筆順に合わせて指でなぞっていくアプリです。

また漢字練習のプリントも作りました。

3

介護を楽しむ

二〇一九年四月二十五日に要介護5になり、本格的な介護生活になりました。

傾眠が強くなり、覚醒している時間が少なくなりました。ですから覚醒しているときは、たくさん声かけをするようにしました。そんなとき、少しでも泰子さんの笑顔が見られるように工夫し、私は介護をできるだけ楽しむようにしていました。

笑顔のある生活を

朝起こすときは、次のように声かけをしていました。

三川ランドのベッドコースター出発

♪ジャンジャンジャンジャンジャンジャンジャンジャンポッポー

ジャンジャンジャンジャンジャンジャンジャンジャンポッポー♪

泰子さんおはようございます、一夫さんですよ

目を大きく開けて笑顔でお願いします

泰子さんの笑顔最高ですよ

みんな泰子さんの笑顔で癒やされるって言ってますよ

と言うと、目を開けてくれて、笑顔になることがたびたびありました。

シャツなどに袖を通して着せるときの声かけはこうです。

右手握手しますよ

泰子さんと一夫さん仲良しだから握手しています
左手も握手しますよ
だって泰子さんと一夫さん仲良しだからですよ
だから結婚したんですよ
結婚しても喧嘩しなかったんですよ
泰子さん頑張って三人も産んでくれたんですよ
最初に生まれたのは男の子で保くん
次に生まれたのは女の子で泉ちゃん
最後に生まれたのは男の子で啓くん
みんないい子に育ったんですよ
そしたら孫が生まれたんですよ
最初に生まれたのは啓ちゃんのところで女の子でした
次に生まれたのも啓ちゃんのところで、 またまた女の子
次は泉ちゃんのところで初めて男の子
保ちゃんのところももうすぐ生まれるんだって

二人とも子ども欲しがっていたから喜んでいたよ
こんな話をすると笑顔になることが結構ありました。

顔を拭くときの声かけはこうです。
　泰子さんの顔は白くてつやつやで
シワもなくてうらやましい
泰子さんのようになりたい
　ってみんな言ってるよ
すると、とてもうれしそうに笑顔になっていました。

笑顔の生活をいつまでも。今までこんなふうに考え工夫して介護をしてきました。
ピアノが弾けたら一緒に喜び、
うまく歩けたら褒めてあげ、
立ち上がりができたら褒めてあげ、
車椅子にうまく座れたら褒めてあげ、

どんなことでもできたら褒めてあげ、
笑顔になったら喜び、
私は、一緒に喜び、いつも笑顔のある、そんな生活が少しでも長くできるように
したいと思って介護をしてきました。

Chapter 10
泰子さんの演奏記録と介護からの学び

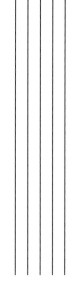

1

認知症になってからの演奏記録

私と泰子さんが演奏したバッハ／グノーの『アヴェ・マリア』の記録です。

初めての演奏

二〇一六年九月十日

ちいたび会の後押しで、初めて二十三小節を交流会で弾かせてもらいました。ビデオ撮影の準備をしていましたが、何とスイッチを入れるのを忘れていました。とても残念です。

「注文をまちがえる料理店」プレオープン

二〇一七年六月三日（初日）

「注文をまちがえる料理店」については、第六章に詳しく書きました。

ホールスタッフもやり、三回演奏させていただきました。間違えて弾き直したり、私が手を添えて促したりしました。結局最後までは弾けませんでした。

六月四日（二日目）

この日はホールスタッフはしなくて済み、演奏に集中できました。四回演奏をさせていただきました。

「注文をまちがえる料理店」オープン

二〇一七年九月十六日（初日）

ＲＡＮＤＹ（現在は残念ながら閉店）で行われました。プレと違って弾き直したりはしましたが、最後まで弾けました。全部で四回演奏しました。

九月十七日（二日目）

この日も四回演奏させていただきました。

九月十八日（三日目）

最終日も四回演奏させていただきました。

「ちいたび会」のクリスマス会

二〇一七年十二月九日

交流会のクリスマス会でも演奏させてもらいました。一年前はたった二十三小節しか弾けませんでした。

長男夫婦と次男家族、さらに泰子さんのピアノの元生徒で現在ピアノ教師をしている私の教え子もやってきました。泰子さんは、最初は緊張していましたが徐々に落ち着き、無事に演奏を終えることができました。盛大な拍手をもらいました。

慶成金曜クラブ（現・黒川由紀子老年学研究所主催）

二〇一八年九月十四日

「注文をまちがえる料理店」での演奏をきっかけとして、慶成金曜クラブでぜひ演奏をと言っていただき、実現しました。

会場にはピアノがなくてキーボードが用意されました。始めにスライドで私たちのことを紹介し、その後二人で演奏を始めました。しかし泰子さんは、なかなか先に進めず、何回も弾き直していました。でも何とか頑張って、最後まで弾くことができました。そこで予定した時間になったのですが、介護の具体的な取り組みについて簡単にスライドで説明しました。三十分の予定でしたが四十分となってしまいました。

でも皆さんからあたたかい言葉をたくさんいただき、これまでひたむきに取り組んでよかったと思いました。

泰子さんも、とても喜んでいました。

注文をまちがえる料理店リストランテ@きょうと

二〇一八年九月二十四日

認知症のお母様がおられる京都の平井万紀子さんが行ったイベントです。

平井さんは「注文をまちがえる料理店」に参加され、同じような料理店を京都でも開きたいと思いイベントを企画されました。

前日の九月二十三日に、新幹線で京都まで行きました。さっそく、会場でもある駅直結のホテルにチェックインしました。京都見物をしようと思ったのですが、泰子さんが疲れていたので二人で昼寝をしてから、翌日の会場を見に行きました。想像していたよりもとても広い会場で、感動したことを覚えています。

本番当日、集合時間になったので、演奏をする「古今の間」を二人で見に行きました。ピアノの位置を確認して私の座る位置も決めました。試しに泰子さんにピアノを少し弾いてもらうと、そのヤマハのグランドピアノは弾きやすかったようでした。

せっかくなので合わせてみようと、私は部屋に戻りチェロを持ってきました。合わせてみましたが、準備中で周囲が騒がしかったため、集中ができなかったようで一度部屋へ戻りました。

ディレクターの橋本さんには、十時から練習すると伝えておいたので、時間になると会場に向かいました。泰子さんは、見知った橋本さんがいてすごく安心した様子でした。時間までしばらく合わせた後は、控え室で休み、出番を待っていました。いよいよ、演奏する時間です。最初に自己紹介を兼ねて、なぜここで演奏することになったのか話をした後、演奏を始めました。

すんなりとは最後まで弾けず、何回も弾き直しをしました。お客様から「頑張って」との声をかけていただき、それに押されたようで、何とか最後まで弾くことができました。盛大な拍手をしていただきました。

お客様の間を歩いていくと、握手を求められたり、一緒に写真を撮られたり、励ましのお言葉をたくさんいただきました。午前の部は無事終えることができました。

昼になったので、お弁当をいただきました。泰子さんは、いつもは食べるご飯を少し残しましたが、おかずは美味しかったようで全部食べていました。

午後の部が始まるまで時間があるので、一度部屋に戻り私は疲れたので昼寝をし、泰子さんはなぜか起きていました。

出番の時間になり、午前と同じように始まりました。今回も、なかなか最後まで弾

けませんでした。でも皆さんが拍手をしてくださり、そうすると最後まで弾くことができました。お客様の後押しがなければ無事に演奏することはできなかったと思います。

こうしてすべての時間が終わり、皆様をお送りするために出口でご挨拶をしていると、演奏が良かったとか、涙が出たとか、たくさんの励ましのお言葉をいただきました。

本当にお客様に支えていただき、感謝でいっぱいでした。終了後スタッフ一同が集まって、最後の挨拶をしました。

腎がん患者会「そらまめの会」

二〇一八年十二月一日

私が代表をしている、腎がん患者会の交流会で演奏させてもらいました。

ピアノは調律もしていなくてとても弾けるような状態ではなく、泰子さんはうまく弾けませんでした。

ちいたび会のクリスマス会

二〇一八年十二月八日

ちいたび会交流会のクリスマス会で、泰子さんの三度目の演奏をさせていただきました。いつもの会場のマイルドハートに着き、すぐに合わせを始めました。

準備で騒がしい中、落ち着かないまま練習しました。まあまあでした。

交流会が始まり、演奏の時間になりました。私は、少し不安な気持ちで臨みましたが、しっかりしたタッチで弾いていたので、まずは安心でした。しかし七分半ぐらい、なかなか最初のところから先に進めず、何とかそこを乗り越えるとその後はしっかりと演奏ができ、最後まで弾くことができました。優しい、しかもしっかりした音で、音楽的で、二人のアンサンブルがとても良かったです。終わるとものすごい拍手をいただきました。その後も、会員の方たちから素晴らしい演奏だったと賞賛していただきました。

この年は全部で五回演奏しましたが、この日が一番いい演奏だったと思います。

二〇一九年二月七日

自宅での練習の演奏で、最初から最後までミスなく完璧に弾くことができました。

二〇一九年三月十七日

認知症カフェからの出発で、「出張ちーたーひろば」というイベントに参加して演奏するため、会員の車で出かけました。

会場に用意されていたのは電子ピアノだったこともあり、うまく鍵盤をタッチすることができず、何回もチャレンジしましたが、指が思うように動かなくて、結局弾くことはできませんでした。

でも一生懸命挑戦していたので、落ち込むことはなくてよかったです。

2 紹介された本や映像

本や雑誌にも紹介していただきました。

私たち夫婦

- 『婦人公論』(中央公論新社) 二〇一七年十一月二十八日号、二〇二〇年十二月八日号に再掲載

・vimeo「音楽と認知症」
藤井翔太監督が夫婦のドキュメンタリー動画を作ってくださいました。
・「認知症になっても、ふたりの間にあるのは『音楽』」
「ハートネットTV　リハビリ・介護を生きる『二重奏で愛の調べを』」の短縮バージョンですが、ハートネットTVで見ることができます。

私が開設しているホームページ「みかわの森」には、介護の森・腎癌の森・前立腺癌の森・数学の森があり、これらの映像も掲載しています。

みかわの森　https://mikawanomori.sakura.ne.jp

「注文をまちがえる料理店」に関して

・『週刊女性』（主婦と生活社）二〇一七年十月十日号
・『注文をまちがえる料理店』小国士朗著　あさ出版　二〇一七年
・『注文をまちがえる料理店のつくりかた』小国士朗著　方丈社　二〇一七年
・月刊『清流』（清流出版）二〇一八年五月
・『新訂　新しい道徳二』「十六おおらかな気持ちで」（中学二年生の教科書）東京

書籍　二〇二一年
教科書に掲載されたことで、二〇二一年九月三十日、中野区立明和中学二年生の道徳学習後と、二〇二三年二月十四日に杉並区立高円寺学園中学生の学習後に講演もしました。
・［NEWS］「注文をまちがえる料理店」で起こった小さな奇跡の物語　TIME LINE　二〇一八年
・【話題沸騰】注文を間違える料理店【特別動画】あさ出版　二〇一八年

3

介護保険の利用で助かったこと

家での生活に役立つ道具

手すりの設置

ピアノのあるホールは階段下にあったので、手すりを付けてもらいました。しかし、階段の上だけで階段の途中には付けておらず、泰子さんが下りるときにたびたび落ちていたので付けておけばよかったと思いました。玄関にも付けていただきました。

トイレ

トイレの便座に洋式トイレ用フレームの跳ね上げを設置しました。両袖に手をつくことができるので座ったり立ったりしやすくなりました。

介護用ベッド

最初は自分で起き上がれていたので、二モーターのものをレンタルしました。だんだん一人で起き上がれなくなったので三モーターに変更し、電動で起き上がれるようにしました。

その後、移乗が大変になってきたので、次男の提案により移乗のしやすいスタンディングポジションのあるベッドに変更しました。お陰でベッドから車椅子への移乗のときに割と軽く立ち上がれたので大変助かりました。ただ部屋がある程度広くないと設置できません。

褥瘡ができてからは、エアーマットを取り入れ、さらにリフト用のベッドに変更しました。リフトは、車椅子に座っているときに付けたり外したりが大変で、初めは手こずっていましたが、だんだん慣れてきてスムーズに移乗できるようになりました。

さらに体位変換器をレンタルしました。

車椅子

自走式六輪車椅子をレンタルしました。

その後、起きている間は車椅子なので、座った角度を一定のまま倒せるチルトやリクライニングできる車椅子に変更しました。

介護施設等の利用

デイサービス

認知症の症状が出始めた当初はまだ若かったし、フィットネスクラブに通っていたこともあり、嫌がって行きませんでした。

その後、若年認知症を対象にしていたデイサービスの「若年認知症サポートセンター」に行き始めました。しばらくは調子よく行っていましたが、施設ではピアノがないので弾けないと言いだし、二か月たらずで行かなくなりました。

次にケアマネージャーの提案で近くのデイサービスを紹介していただきました。

今回は嫌がらず、月曜日と木曜日に行くようになりました。月曜日はシャワー浴もしてもらいました。こちらは相性が良かったようで、喜んで順調に通っていました。

訪問リハビリサービス

リハビリは足の衰えを防ぐ意味でも重要で、火曜日と土曜日にお願いしていました。とてもうまくいっていました。

訪問入浴サービス

在宅での入浴ということで、金曜日に看護師二人でお風呂に入れていただきました。

その後、一人で座れなくなってきたので、組み立て式のお風呂を持ってきてもらう入浴サービスに変更しました。

ショートステイの利用

月二回のショートステイを利用しました。

在宅介護は、一日中見ていなければなりません。息抜きのできる一日があるとリフレッシュできるのでお願いしました。

一回は月曜日から木曜日までの三泊四日で、あと一回は金曜日から月曜日までの三泊四日です。

訪問歯科

だんだん口を開けてくれなくなり歯を磨くのが難しくなったので、磨き具合の点検をしてもらうために、訪問歯科を三か月に一回お願いしていました。

訪問診療

てんかんの症状が出て、最初はどうしたらいいかとても焦りました。今後、どんなことが起こるかわからないので、訪問診療をお願いしました。基本は月一回の訪問で、何かあったら連絡し、特別に来ていただきました。さらにコロナ禍でしたので、コロナワクチンもインフルエンザのワクチンも、自宅に来たときに打っていただき大変助かりました。

リハパン・パッドへの助成金

杉並区ではおむつ代金助成のサービスがあり、リハパン・パッドなどの費用のうち、毎月七千円以内の分について一割負担で購入できました。

トイレ介助

着替えやリハパンの取り替えはトイレで行っていました。しかし、だんだん一人で立っているのが難しくなってきたので、デイサービスに行かない日には、訪問介護にお願いして、日中一回来て手伝っていただきました。

その後、トイレでは難しくなってきたので、ベッド上での排泄介助に、一日三回来ていただきました。

福祉タクシー券

杉並区には心身障害者福祉タクシー利用券の交付があります。年間で六万三千六百円と、リフト付タクシー補助券九十六枚が利用できます。通院などに利用できるので、本当に助かりました。

トイレ掃除

杉並区には介護者向けに「ほっと一息」というサービスがあり、一時間百円で日常の家事などをしていただけます。二十四回の券が交付され、私は月二回トイレ掃除をお願いしました。

介護保険の申請

・介護保険要介護5
・精神障害者保健福祉手帳一級　マル障受給者証
・障害年金申請

介護にはお金がかかりますし、ゆっくりできる時間も大切ですからデイサービスやショートステイには大変お世話になりました。各市区町村で様々なサービスがあると思いますので、調べて利用することをお勧めします。

4 介護保険利用はできないが便利だった物

介護をしていて、あったらいいなと思った物があれば、すぐにインターネットで探しました。

介護用回転椅子

（オフィス・ラボ「介護用回転椅子 ピタットチェアEX」回転レバー右）

何かいい椅子がないかと調べましたが、ほとんどが肘かけが跳ね上げになっていて、回転はしても止まりません。そんな中見つけたこの椅子は、座面が前後にスライドし、九十度回転して止まる椅子で、とても使い勝手が良かったです。

おむつペール

使用済みおむつが溜まるので、それ専用の入れ物を探しました。

車椅子用レインコート

雨の日でも、車椅子で出かけなくてはならないときがあるので探しました。しっかり覆ってくれますので、濡れずに済んで泰子さんもうれしそうでした。

介護車両用ステッカー

我が家に車はないのですが、ステッカーはあったら便利なグッズです。レンタカーや友人の車に乗せてもらうときに使いました。

ヘルパースプーン

介護者が食べさせるときに便利なスプーンがありました。先が少し曲がっていて、柄が長く食べさせやすくなっていて、右手用と左手用があります。外食するときには必ず持っていっていました。

車椅子用ベルト

浴風会病院から帰ってきて、東高円寺駅を出て歩道に出たとき、車椅子で前のめりになりベルトが外れ、そのまま歩道に顔から落ちてしまいました。鼻血がものすごく出て、すぐに救急車を呼び、病院に運ばれました。ＣＴを撮り、その結果脳には問題がないとのことで安心しましたが、鼻骨が骨折していました。幸い大したことはなく、鼻骨の治療は必要ありませんでしたが、額・頬・鼻に傷があり、一日二回塗り薬を塗らなければなりませんでした。

けがの原因となったベルトはマジックテープで、古かったのもあってか簡単に外れてしまったようです。そこでもう少ししっかりしたベルトにしようと調べると、良いベルトが見つかりました。車椅子の縦方向にかけるベルトは車椅子の後ろに回して装着するものが多いのですが、これが難しくて大変でした。胴回りだけのベルトにしましたが、しっかりとした作りの物を選べば、十分固定できます。これで車椅子から落ちることはなくなりました。

エプロン

一人で食べられても、だんだんこぼすようになりました。食べさせるようになっても、どうしてもこぼし、洋服を汚してしまいます。そこでエプロンを購入しました。簡単に洗えるように、シリコン製の物などを選ぶとよいでしょう。

フットガード

車椅子に座らせているとき、いつも右足が上がってしまい、危ないので何かないかと調べ、フットガードを見つけました。これで足が上がらず、安心して車椅子に乗せられるようになりました。

ヘッドライト

歯磨きのとき、口の中は暗くて歯がよく見えないですよね。そんなとき、明るく照らしてくれるので便利です。また、これは防災グッズとしても必需品です。

口腔清掃用スポンジブラシ

歯磨きでクチュクチュできなくなったとき、口腔清掃用スポンジブラシが役立ちます。

あとがき

私は、泰子さんが認知症と診断されてから、毎日記録を取りブログに書いてきました。

それをご覧になった「武蔵野療園」の駒野登志夫さんから、ぼそっと「本を出すんでしょ」と言われたのです。私は、そんなつもりはなかったのですが「いいかも」と、そのとき思ったのです。駒野さんに後押ししていただき、出版に向けて動き出すことができました。感謝しております。

私たちは、本当に様々な方々に支えていただきました。お陰で何とか在宅介護ができたと思います。

まずは何と言っても家族の支えです。様々な場面でアドバイスや援助をしてくれました。

次にケアマネージャーの豊田美也子さんです。適切なケアプランを作っていただき、本当に助かりました。

精神科医の須佐由子先生には適切な診察をしていただき、泰子さんも絶対的な信頼をしていました。

そして「ちいたび会」です。会員の方々の、多数のアドバイスや支援等のお陰で、乗り切れたと感謝しております。

また、牧野恵理子さんから、ライフレビューのお誘いがあり、二人で結婚からの人生を振り返ることができ、素敵なアルバムを作っていただきました。

大起エンゼルヘルプの和田行男さんには就労支援、さらに小国士朗さんには「注文をまちがえる料理店」で大変お世話になり、泰子さんがピアノを弾けるようになるきっかけを作っていただきました。泰子さんが自信を取り戻すことができ、本当に感謝しております。

さらに「ハートネットTV　リハビリ・介護を生きる『二重奏で愛の調べを』」で、私たちのありのままの生活を演出していただいた橋本稔里さんにも感謝しております。

最後になりますが、本書の出版に携わってくださった幻冬舎ルネッサンスの皆様には大変お世話になりました。ありがとうございました。

〈著者紹介〉

三川一夫（みかわ かずお）

1948年生まれ、東京都杉並区出身、東京理科大学数学科卒業。城西大学附属城西中学・高等学校教諭を経て、東京都狛江市立第四中学校非常勤講師、東邦大学理学部非常勤講師、日本大学理工学部非常勤講師を務めた。NPO法人やすらぎの森開設。数学教育協議会会員。自宅で34回のミニコンサートを開催。腎がん家族会「そらまめの会」代表、若年認知症家族会「陽だまりの輪」会長。月刊誌『数学教室』の連載「算数・数学おもちゃ箱」を2012年4月号から3年間合計36回執筆。

認知症《にんちしょう》になっても愛《あい》の二重奏《にじゅうそう》

2024年5月31日　第1刷発行

著　者　　三川一夫
発行人　　久保田貴幸

発行元　　株式会社 幻冬舎メディアコンサルティング
〒151-0051　東京都渋谷区千駄ヶ谷4-9-7
電話　03-5411-6440（編集）

発売元　　株式会社 幻冬舎
〒151-0051　東京都渋谷区千駄ヶ谷4-9-7
電話　03-5411-6222（営業）

印刷・製本　中央精版印刷株式会社
装　丁　　秋庭祐貴

検印廃止

Printed in Japan
ISBN 978-4-344-69086-8 C0095
幻冬舎メディアコンサルティングHP
https://www.gentosha-mc.com/